4.95
N1

*Tutte le opere
di
Luigi Pirandello*

Luigi Pirandello

La vita che ti diedi
Ciascuno a suo modo

a cura di Roberto Alonge

Arnoldo Mondadori Editore

© 1992 Arnoldo Mondadori Editore S.p.a., Milano

I edizione Oscar Tutte le opere di Pirandello giugno 1992

ISBN 88-04-35712-6

Questo volume è stato stampato
presso Arnoldo Mondadori Editore S.p.A.
Stabilimento Nuova Stampa - Cles (TN)
Stampato in Italia - Printed in Italy

Introduzione

«*La vita che ti diedi*»: nuovo dramma, vecchie ossessioni

Uno dei paradossi della storia del teatro italiano è che il nostro massimo drammaturgo e la nostra massima attrice non si sono mai *incontrati*. Pirandello ventenne, è già infatuato della Duse, scrive testi teatrali (ora perduti) che sogna possano essere rappresentati dall'*attrice divina*. Poi le loro strade si dividono. Pirandello, deluso nei suoi ardori giovanili per la scena, non si dedica più al teatro fin verso il 1916, e la Duse nel 1909 abbandona sorprendentemente la sua carriera. Ritorna però sulle scene, non meno inaspettatamente, nel 1921. Pirandello è ormai un drammaturgo di un certo successo. La Duse cerca testi nuovi, e Pirandello cerca sempre la Duse. Silvio D'Amico funziona da intermediario fra i due, e tra il gennaio e il febbraio del 1923 Pirandello scrive per lei *La vita che ti diedi* (che poi la Duse non si deciderà ad allestire e che vedrà la luce a Roma, al Teatro Quirino, il 12 ottobre dello stesso anno, grazie a Alda Borelli e alla sua compagnia). È l'ultimo paradosso di un incrocio di destini evidentemente impossibile.

Come sempre (o quasi sempre) Pirandello ricicla antichi spunti narrativi. Il più vecchio, in ordine cronologico, è la novella *I pensionati della memoria*, del 1914. Pirandello vi svolge una delle sue consuete riflessioni parafilosofiche di impianto spiritualistico. La vita non esiste in sé e per sé ma nella misura in cui noi la inventiamo quotidianamente, giorno per giorno. Le persone care possono anche non essere presenti, possono essere partite, in viaggio, lontane. Ma siamo noi che continuiamo a tenerle in vita perché le carichiamo dei nostri ricordi, dei nostri pensieri. Da questo punto di vista la morte non è molto diversa dalla lontananza della partenza: nulla vieta di *tenere in vita* un morto così come si fa con una persona partita. La differenza vera è – dice Pirandello – la *reciprocità dell'illusione*. Una moglie il cui marito è in viaggio si sente confortata perché sa di essere pensata da lui. Ma se il marito è morto è proprio questa reciprocità che viene meno. La conclusione è come spesso in Pirandello estremamente crudele: «Voi piangete perché *il morto, lui, non può più dare a voi una realtà*. Vi fanno paura i suoi occhi chiusi, che non vi possono più vedere, quelle sue mani dure gelide, che non vi possono più toccare. Non vi potete dar pace per quella sua assoluta insensibilità. Dunque, proprio perché egli, il morto, *non vi sente più*». Piangiamo insomma *per noi* e non già *per i morti*.

Due anni più tardi questo insieme di considerazioni teoriche alimenta un intreccio narrativo più compiutamente definito e incisivo. Nella novella *La camera in attesa*, del 1916, una madre e tre sorelle applicano coerentemente al figlio/fratello dichiarato disperso nella guerra di Libia gli insegnamenti della novella precedente: continuano per più di un anno a preparargli la camera, a rifargli il letto, a cambiare l'acqua della boccetta sul tavolino da notte. Anche la fidanzata per un certo periodo partecipa a questo rito collettivo: viene ogni giorno a portare un fiore nella stanza, e a deporre nel cassetto una letterina. Ma alla fine la fidanzata non può non riconoscere la realtà: dirada a poco a poco le visite e alla fine si sposa con un altro. È il crollo della vecchia madre che ne muore di dolore. La madre muore perché il *sottrarsi* della fidanzata a quella complicità d'amore per il figlio le rende palpabile e irricusabile ciò che si era sempre rifiutata di accettare: la morte del figlio. Come è evidente da questo breve riassunto tutta la vicenda della *Vita che ti diedi* è già contenuta in questa novella. C'è anche una considerazione polemica dell'io narrante a fronte delle critiche dei vicini e dei conoscenti indignati per quella sorta di *commedia* inscenata dalle quattro donne: «O che non son forse morti il vostro figliuolo, la vostra figliuola, quando sono partiti per gli studi nella grande città lontana? [...] Ma come va che, passato l'anno, quando il vostro figliuolo o la vostra figliuola ritornano con un anno di più dalla grande città, voi restate stupiti, storditi davanti a loro; e voi, proprio voi, con le mani aperte come a parare un dubbio che vi sgomenta, esclamate: – Oh Dio, ma sei proprio tu? Oh Dio, come s'è fatta un'altra! [...] Il vostro figliuolo, quello che voi conoscevate prima che partisse, è morto, credetelo, è morto. Solo l'esserci d'un corpo (e pur esso tanto cambiato!) vi fa dire di no. Ma lo avvertite bene, voi, ch'era un altro, quello partito un anno fa, che non è più ritornato». È lo spunto che giustifica nella *pièce* la vicenda parallela della sorella della protagonista con i suoi due figli che ritornano dagli studi in città.

La composizione del testo teatrale pone tuttavia dei problemi specifici, inerenti alla struttura del genere. Si direbbe che Pirandello, elaborando il suo copione con l'occhio rivolto alla Duse, abbia in mente un'intensità di scrittura capace di esaltare le qualità attoriche del proprio interprete. Il frontespizio della prima edizione di *La vita che ti diedi* reca la dicitura «tragedia in tre atti». Una definizione assolutamente rara nel *corpus* pirandelliano, che ritroviamo unicamente a proposito dell'*Enrico IV* e di *Diana e la Tuda*. Le analogie con l'*Enrico IV* sono numerose e sorprendenti. L'ambientazione è la stessa: «In una villa solitaria della campagna toscana» (e l'*Enrico IV* si svolgeva «in una villa solitaria della campagna umbra»). Un identico sapore di astrattezza ha la scenografia: «Stanza quasi nuda e fredda, di grigia pietra, nella villa solitaria di Donn'Anna Luna. Una panca, uno stipo, una tavola da scrivere, altri pochi arredi antichi da cui spira un senso di pace esiliata dal mondo. Anche la luce che entra da un'ampia finestra pare provenga da una lontanissima vita». Dove i «pochi arredi antichi» sembrano rimandare specularmente agli «antichi arredi» che ricreavano «quella che poté essere la sala del trono di Enrico IV nella casa imperiale di Goslar». È insomma la condizione necessaria perché il sipario possa aprirsi su due analoghi drammi della solitudine. Come dice un altro personaggio: «L'ha ormai dentro di sé la solitudine. Basta guardarle gli occhi per comprendere che non le può venir da fuori altra vita, una qualsiasi distrazione. S'è chiusa qua in questa villa dove il silenzio – su, ad attraversare le grandi stanze deserte – fa paura, paura. Pare – non so – che il tempo vi sprofondi. Il rumore delle foglie, quando c'è il vento! Ne provo un'angoscia che non le so dire, pensando a lei, qua, sola. Immagino che le debba portar via l'animo, quel vento». Nella dimensione di un tempo che pare «vi sprofondi», e di uno spazio, ristretto alle «grandi stanze deserte» della villa, anche Donn'Anna finisce per assumere i caratteri della volontaria reclusa, dell'esiliata dal mondo, come Enrico IV («Ma non esce di qua da più di venti anni. Sempre a pensare, sempre a pensare. E a poco a poco s'è così... come alienata da tutto»). Se i vent'anni di Donn'Anna ricordano i ventuno o ventidue di pazzia di Enrico IV (tra vera e simulata), anche quell'alienarsi dal mondo finisce per condurre a una più profonda alienazione, a un «delirio lucido» secondo la nitida didascalia che la ritrae al primo entrare in scena «quasi religiosamente sola» tra gli altri e le cose che la circondano. Donn'Anna è l'eletta, la prescelta per quel rito di epifania tragica che ormai si è già compiuto e che ella non deve che rivelare agli altri. Nella sua privilegiata solitudine ella ha potuto accostarsi alla grazia del mistero rivelato, ha potuto accogliere la risposta del destino. Ma è un rito cui si perviene attraverso una lenta e faticosa autodisciplina: «Sette anni ci vogliono – lo so – sette anni di stare a pensare al figlio che non ritorna, e aver sofferto quello che ho sofferto io, per intenderla questa verità che oltrepassa ogni dolore e si fa qua, qua come una luce che non si può più spegnere – (*Si stringerà con ambo le mani le tempie*) – e dà questa terribile fredda febbre che inaridisce gli occhi e anche il suono della voce: chiara e crudele». Ne vien fuori, non diversamente dall'*Enrico IV*, una sorta di *tragedia astratta* che si risolve nel doppio movimento, da un lato, dell'epifanizzazione della «verità», della «luce che non si può più spegnere», e, dall'altro lato, dell'accettazione che non lascia possibilità di fuga, di lotta e di conflitto: la «febbre» è una febbre «fredda», che «inaridisce», «chiara e crudele».

La verità che è in gioco è quella del rapporto madre-figlio, non come relazione particolare di Donn'Anna e di suo figlio Fulvio, bensì come valenza generale, universale, come storia eterna dell'eterno nodo Madre-Figlio. Fulvio è ritornato a Donn'Anna dopo più di sette anni vissuti lontano da lei, ed è tornato per morire. Ma al di là della morte fisica, il figlio è morto per Donn'Anna nel giorno stesso del suo ritorno, nel momento stesso in cui è tornato così diverso dal ricordo che ne serbava la madre: «Mio figlio, voi credete che mi sia morto ora, è vero? Non mi è morto ora. Io piansi invece, di nascosto, tutte le mie lagrime quando me lo vidi arrivare: – (e per questo ora non ne ho più!) – quando mi vidi ritornare un altro che non aveva nulla, più nulla di mio figlio». Di fronte alla verità epifanizzata il personaggio non può che chinare il capo, che accettare. L'impossibilità di un'opposizione significa impossibilità di dramma. Il personaggio supera lo scacco con la forza dell'irrazionale. Se di fronte all'infinita vanità del Tutto Enrico IV si fissa in una immagine della Storia, in quella appunto dell'imperatore medievale, Donn'Anna si fissa in un'immagine del figlio, nella sola immagine che ella ha del figlio, in un tentativo – esattamente analogo a quello dell'*Enrico IV* – di trascendere il fluire del tempo: «Ma sì che egli è vivo per me, vivo di tutta la vita che io gli ho sempre data: la mia, la mia; non la sua che io non so! Se l'era vissuta lui, la sua, lontano da me, senza che io ne sapessi più nulla. E come per sette anni gliel'ho data senza che lui ci fosse più, non posso forse seguitare a dargliela ancora, allo stesso modo? Che è morto di lui, che non fosse già morto per me?». Nasce la tragedia astratta, tutta risolta in una dizione asciutta, impietosa, in un dolore senza lacrime, in un dolore chiuso che non si rivolge alla divinità. Dinanzi alla morte Donn'Anna non ha gesti incomposti e tutto si ridefinisce in un rituale di estrema purezza, vorremmo dire precristiana: la serva Elisabetta porta «una conca d'acqua fumante infusa di balsami» per lavare il corpo del morto: «Lavato, avvolto in un lenzuolo, e via».

Il primo atto esaurisce così già tutta l'essenza della *Vita che ti diedi*. Il secondo vive infatti unicamente per la scena di Fiorina e dei figli che tornano dai loro studi in città già trasformati, pur in così breve lasso di tempo, diventati altri da quelli che erano prima di partire. Una scena, questa, apparentemente gratuita, che non lega per nulla con la vicenda principale, se non avesse appunto la funzione che ha, cioè quella di duplicare la vicenda principale. Ripete insomma l'epifania tragica del Figlio che si distacca dalla Madre, in questo caso dalla madre Donna Fiorina che «resterà sbigottita, per il tragico senso che all'improvviso assumerà ai suoi occhi l'evidenza della prova di quanto la sorella le ha rivelato». «Prova» dunque, conferma ulteriore di una verità tragica, di un «tragico senso» che Donn'Anna «le ha rivelato». Ma l'epifania tragica è appunto in Donn'Anna rivelazione, racconto; in Donna Fiorina la verità nel suo svelarsi si articola come *rappresentazione* anziché come *racconto* (e in questa misura la tragedia astratta sembra permettere un minimo di drammaticità, di teatrabilità). E tuttavia la drammatizzazione dell'epifania non è tanto affidata al dialogo – dialogo di sordi – che si conduce fra madre e figli, bensì al gioco scenico del variare di luce e ombra. La progressiva diminuzione della luce sulla scena è paradossalmente correlativa al progressivo chiarirsi della verità tragica. La notazione didascalica riguardante la quantità di ombra nella stanza interviene puntualmente a segnare i punti chiave del processo. Dapprima la sensazione iniziale alla vista dei figli: «[Donna Fiorina] che avrà cercato di sorridere, ascoltandoli; ma che pure, avendo notato subito il loro cambiamento, si sarà sentita come raggelare; ora dirà, con gli occhi rivolti alla sorella che si sarà tratta un po' in disparte *nell'ombra* che comincerà a invadere la stanza [...]». Nella sezione dialogica che segue Donn'Anna non farà che pronunciare forte la verità che la sorella ha ormai compreso ma che non vuole accettare. E l'ombra ritornerà ad accompagnare l'uscita di scena di Donn'Anna: «Andrà per l'uscio in fondo. Gli altri resteranno per un momento in silenzio, come sospesi. L'*ombra* seguiterà intanto a invadere gradatamente la stanza». Se la prima parte della scena – con la semplice comparsa dei figli – ha mostrato la validità della verità già rivelata dalla sorella; se la seconda ha ribadito esplicitamente tale verità per bocca della stessa Donn'Anna, il dramma scoppia appunto qui: nel rifiuto di Fiorina, uscita di scena la sorella, di accettare quella evidenza. Ella insorge «come contro un incubo» a gridare il suo «Non è vero! no! no!». E se Elisabetta dirà che la figlia «sembra un'altra», Fiorina «con impeto, come a ripararla, riprendendosela» replicherà: «No, sono gli stessi!». Ma è una lotta disperata, questa di Fiorina, in un tentativo di andare a ritroso nel tempo, di fermare il tempo. E l'esito è la sconfitta totale, una sconfitta sottolineata – ancora una volta, puntualissimamente – dall'ombra:

DONNA FIORINA [...] S'è fatto bujo qua: vi cerco con gli occhi, perché quasi non vi vedo più.

L'ombra, di fatti, si sarà addensata; e in essa a mano a mano si sarà avvivato sempre più il riverbero del lume acceso nella stanza del figlio morto.

Il «bujo» è davvero simbolico; la Madre non vede più i figli, ed è un non vedere, un non riconoscere, al tempo stesso materiale e ideale. Non li vede più come presenze fisiche perché non li può più riconoscere, ormai cambiati per sempre dal lasso delle stagioni intercorse. Nel brano dialogico che segue Elisabetta dice – ed è una battuta che ha il sapore di una citazione tragica – che «i figli che partono, muojono per la madre», e Fiorina – nel bujo e nel silenzio d'incubo sopravvenuto» – non potrà ormai più che rompere «in un pianto sommesso». Al dolore chiuso e senza lacrime di Donn'Anna risponde e fa eco il dolore della sorella che si scioglie in un vano e inutile «pianto sommesso». Il secondo atto duplica il primo e riconferma – su una diversa tonalità:

di disperazione di lacrime anziché di disperazione asciutta – la tragedia astratta.

E quando tutto sarà finito, quando il buio totale sarà sceso nella stanza, e madre e figli saranno andati via, sarà allora tempo per l'ultima definitiva didascalia:

> *La scena resterà vuota e buja; con quel solo riverbero spettrale che s'allungherà dall'uscio a destra.*
> *Dopo una lunga pausa, senza il minimo rumore, la scranna accostata davanti alla tavola da scrivere si scosterà lentamente come se una mano invisibile la girasse. Dopo un'altra pausa, più breve, la lieve cortina davanti alla finestra si solleverà un poco da una parte, come scostata dalla stessa mano; e ricadrà. (Chi sa che cose avvengono, non viste da nessuno, nell'ombra delle stanze deserte dove qualcuno è morto).*

La stupenda entrata in scena del Figlio morto è comprensibile soltanto nel quadro dell'epifania *rappresentata* di Donna Fiorina. Di fronte ai figli che mutano e sfuggono alla madre, c'è il figlio che torna, il vero Figlio, l'immagine che la Madre ha conservato di lui. La forza dell'illusione di Donn'Anna, la potenza del suo desiderio, suscitano ed evocano l'ombra del figlio morto, lo costringono a ritornare nella *camera in attesa*.

In questa comparsa segreta del Figlio termina idealmente *La vita che ti diedi*. Esattamente come l'*Enrico IV* termina non meno idealmente sul finale del secondo atto, quando il protagonista riveste i panni di imperatore per dettare la sua vita all'umile fraticello a lui fedele. Ma là come qua il terzo atto si incarica di mettere in crisi la tragedia astratta. Là irrompono i personaggi *moderni* a contestare il folle gioco medievaleggiante del finto imperatore Enrico IV; qua irrompe Lucia, la donna amata dal figlio di Donn'Anna, a gridare il suo dolore umanamente straziante alla scoperta che Fulvio è morto, a gridare la sua gravidanza, il suo essere incinta del figlio morto. In entrambi i casi assistiamo all'irruzione del tempo di contro allo sforzo dei due protagonisti di trascenderlo, di oltrepassarlo. E in entrambi i casi i personaggi reagiscono cercando di *inglobare* nella propria follia proprio l'elemento esterno portatore di crisi e di insicurezza. Enrico IV afferrava Frida, cercando di impossessarsene («Eri lì un'immagine; ti hanno fatta persona viva – sei mia! sei mia! mia! di diritto mia!»). E Donn'Anna similmente cerca di trattenere Lucia: «No! Me la lasci, signora! è mia! è mia! me la lasci! me la lasci!».

Il lavoro della critica, il lavoro della scena

Pirandello aveva creato l'*Enrico IV* per Ruggero Ruggeri, cioè per il massimo attore italiano del primo Novecento; e crea adesso *La vita che ti diedi* per la massima attrice italiana di tutti i tempi, Eleonora Duse. Non ci stupisce che disegni quest'ultimo dramma sul calco del primo. Non si limita però – nel far questo – a un freddo e tutto tecnico esercizio di riciclaggio del preesistente materiale narrativo. Tutti gli snodi della novella *La camera in attesa* sono presenti nella *pièce* (il rapporto madre-figlio e il costituirsi della donna del figlio come elemento oggettivamente antagonistico rispetto alla pietosa *follia* della madre, sino al punto di *uccidere la madre*: nella novella in maniera reale, nel dramma in maniera solo metaforica). Su un punto però *La vita che ti diedi* innova rispetto a *La camera in attesa*, ed è sul complicato intreccio relativo all'antefatto: il figlio Fulvio è per così dire *fuggito* lontano dalla madre, per cadere innamorato di una donna già sposata, già madre a sua volta. Per sette anni Fulvio e Lucia si sono amati platonicamente. Poi la passione della carne è prevalsa, sia pure per un solo amplesso. Fulvio è di nuovo fuggito, questa volta da Lucia, per ritornarsene dalla madre e morire presso quest'ultima. Lucia è rimasta miracolosamente incinta per quell'unico amplesso e viene alla casa di Donn'Anna per ritrovare Fulvio che ignora ancora essere morto. Sembra che la Duse, alla lettura del manoscritto, restasse scandalizzata e turbata proprio da questa impudica intrusione di una madre nella vita amorosa del figlio. La critica pirandelliana più recente, scaltrita da una metodologia di tipo psicoanalitico, non ha esitato invece a individuare proprio a questo livello di analisi la dimensione più nuova e più interessante della *pièce* rispetto agli antecedenti narrativi. Fulvio vive nella ossessiva centralità del dominio della madre. Si illude di sfuggire alla madre andandosene in Francia, cercando cioè una *madre-patria straniera*, tentando di legarsi a un'altra donna che non sia sua madre, ma non riesce che a innamorarsi di un *doppio* evidente della madre. Lucia è infatti già sposata, appartiene a un altro uomo, è cioè tabù come lo è la propria madre. Per sette anni dura uno sfiancante amore platonico; quando crolla non può che scattare l'angoscia, il senso di colpa, la maledizione per il tabù infranto. Fulvio è prigioniero in un labirinto di specchi: è sfuggito alla madre per imbattersi in Lucia; sfugge a Lucia per ritornare al punto di partenza, dalla madre. La sua morte misteriosa è una morte ovviamente psicosomatica. In Pirandello (come spesso in Ibsen) ci si ammala e si muore perché ci si sente in colpa, per punirsi ed espiare. Per Bouissy *La vita che ti diedi* è forse il testo che apre la grande stagione finale dei "miti", che annuncia «les paradis préoedipiens promis par *La Nouvelle Colonie* et *La Fable du fils substitué*». Donn'Anna è la portatrice di un universo utopico senza padri e in cui esiste un unico rapporto dominante, quello madre-figlio.

Su questa linea interpretativa – e in maniera indipendente dal lavoro degli studiosi, non foss'altro per ragioni cronologiche – si è messo anche il campo degli operatori della scena. Pensiamo essenzialmente a Massimo Castri – il più geniale dei registi pirandelliani degli anni settanta e ottanta – autore di una memorabile realizzazione, il 3 febbraio 1978, della *Vita che ti diedi*, prodotta dal Centro Teatrale Bresciano, prima attrice Valeria Moriconi. Castri ha puntato con forza sulla evidenziazione del tema dell'incesto nel dramma pirandelliano. Nella sua lettura critica Fulvio fugge dalla madre perché vuole sfuggire all'incesto; rifugge a lungo dall'amore carnale con Lucia perché la sente un *doppio* della madre, e fugge quindi anche da Lucia proprio perché l'incesto è stato consumato. Ma il punto più provocatorio della regia critica di Castri è là dove interpreta Donn'Anna e Lucia come due volti della stessa immagine. È come se la madre si sdoppiasse in Lucia per poter arrivare a giacere con il figlio. Il sogno delirante di questo universo matriarcale è avere un figlio dal proprio figlio, abolendo appunto la funzione paterna-maritale. Una chiave interpretativa indubbiamente parziale ed estremistica, ma che ha il merito indubbio di cogliere alcuni strati profondi della complessa e sfuggente scrittura pirandelliana.

«*Ciascuno a suo modo*»: *una storia già conosciuta*

Il nucleo profondo di *Ciascuno a suo modo* non sembra dirci in verità nulla di nuovo rispetto a quanto già detto da Pirandello. La commedia è scritta nella primavera del '23, a un anno esatto di distanza dalla composizione di *Vestire gli ignudi*, dove ritroviamo appunto la stessa dialettica di occultamento/denudamento degli aspetti più vergognosi dell'esistenza. Il giovane pittore Giorgio Salvi si è ucciso perché la donna che doveva sposare, Delia Morello, si è unita al fidanzato della propria sorella proprio alla vigilia delle nozze. Di fronte a quella morte ognuno dei superstiti tende a dare un'interpretazione diversa. Michele Rocca sostiene di aver agito d'accordo con il futuro cognato, per dimostrargli la leggerezza di quella donna e convincerlo così della pazzia che voleva commettere sposandola. E Delia Morello sostiene di averlo fatto anche lei per dimostrare al giovane che non poteva essere degna di lui, per dissuaderlo da un matrimonio che avrebbe fatto l'infelicità di entrambi. Ma dietro la bella menzogna trapela, a poco a poco, la verità del più profondo dell'animo, la verità inconfessata anche a sé stessi. Il processo di *denudamento*, esattamente come in *Vestire gli ignudi*, si realizza pienamente nel secondo atto, quando i due, Delia e Michele, si incontrano casualmente:

Apparirà a questo punto sulla soglia dell'uscio a destra Delia Morello. Appena ella scorgerà Michele Rocca così cangiato da quello che era, divenuto un altro, si sentirà d'improvviso cadere dagli occhi, dalle mani la menzogna di cui s'è armata finora per difendersi contro la segreta violenta passione da cui forsennatamente fin dal primo vedersi l'uno e l'altra sono stati attratti e presi, e che han voluto mascherare davanti a se stessi di pietà, d'interesse per Giorgio Salvi, gridando d'aver voluto, ciascuno a suo modo e l'una contro l'altro, salvarlo. Nudi ora di questa menzogna, l'una di fronte all'altro, per la pietà che d'improvviso s'ispireranno, smorti e tremanti si guarderanno un poco.

ROCCA (*quasi gemendo*) Delia... Delia...

E andrà a lei per abbracciarla.

DELIA (*abbandonata, lasciandosi abbracciare*) No... no... Ti sei ridotto così?

E tra lo stupore e l'orrore degli altri due, s'abbracceranno freneticamente.

In quel «Nudi ora di questa menzogna» della didascalia è il legame sotterraneo con *Vestire gli ignudi*. E se là il titolo della commedia mirava al vestito-menzogna, anche qui il titolo allude alla necessità della menzogna («gridando d'aver voluto, *ciascuno a suo modo* e l'una contro l'altro, salvarlo»). In questa presa di coscienza della propria miseria morale, in questa consapevolezza di tutto il *laido* di cui il personaggio è ripieno, non rimane che un istintivo atto di solidarietà, che è comune sopportazione della pena ed è, al tempo medesimo, esso stesso mezzo di pena. Si veda proprio in questo senso il finale di *Ciascuno a suo modo*:

DIEGO Ecco il loro odio! Ah, per questo? Vedi? Vedi?

FRANCESCO Ma è assurdo È mostruoso! C'è tra loro il cadavere d'un uomo!

ROCCA (*senza lasciarla, voltandosi come una belva sul pasto*) È mostruoso, sì! Ma deve stare con me! Soffrire con me! con me!

DELIA (*presa d'orrore, svincolandosi ferocemente*) No! no! vattene! vattene! lasciami!

ROCCA (*trattenendola, c. s.*) No! Qua con me! con la mai disperazione! Qua!
DELIA (*c. s.*) Lasciami, ti dico! lasciami! Assassino!

Anche da questo punto di vista *Ciascuno a suo modo* non fa che ripetere *Vestire gli ignudi*, dove era offerta una scena analoga:

GROTTI (*dopo una pausa, seguitando a mirarla*) Sei più disperata di me... Come ti sei ridotta... come ti sei ridotta...

Va a lei, fa per abbracciarla.

Ersilia... Ersilia...
ERSILIA (*di scatto, fierissima, scostandolo*) Ah no, perdio, lasciami!
GROTTI (*tornando a lei, abbracciandola, frenetico*) No, no... senti, senti...
ERSILIA (*dibattendosi*) Lasciami, ti dico!
GROTTI (*seguitando c. s.*) Stringiamo insieme la nostra disperazione!
ERSILIA (*con un grido per farsi lasciare*) La bambina! la bambina!
GROTTI (*subito, staccandosi, riparandosi con le mani la testa, come fulminato*) Assassina!

Pausa. Trema tutto, convulso.

Ma io perdo la testa...

Le si riaccosta:

Ho bisogno di te, di te... Siamo due infelici...

Ed è inutile insistere pedantescamente sulla similitudine delle due scene: dall'attacco in cui il «Come ti sei ridotta...» di Grotti rimanda al «Ti sei ridotto così?» di Delia, al movimento di abbraccio dei due uomini, con le didascalie che si richiamano tra loro – «frenetico» e «freneticamente» – alle stesse parole chiave «lasciami» e «disperazione», sino al grido «Assassina!» e «Assassino!» che pone termine alle due scene. Piuttosto è da sottolineare il diverso esito delle due vicende: Ersilia rifiuta l'abbraccio della solidarietà umana di fronte alla miseria, al laido che ognuno porta con sé, che Delia invece accetta. Rifiutandolo Ersilia si condanna a morire, e assicura con questo alla commedia «una fine concludente», come diceva un personaggio. *Ciascuno a suo modo* si muove in tutt'altra ottica, punta a mettere in crisi proprio il concetto di *pièce bien faite*.

In effetti proprio il fatto che Pirandello "ricicli" scopertamente, a un solo anno di distanza, lo stesso meccanismo drammaturgico già esibito in *Vestire gli ignudi* è la spia che l'interesse dell'autore non va minimamente all'intreccio, al *plot*. Si faccia attenzione d'altra parte all'articolazione dei diversi livelli di spettatori rispetto alla vicenda di Delia e Michele. I due amanti agiscono infatti dinanzi a un pubblico di primo grado che è costituito da Doro e Francesco (che litigano fra di loro proprio per la diversa interpretazione che danno del rapporto fra i due amanti). E Doro e Francesco hanno, a loro volta, una sorta di pubblico particolare in Diego Cinci. Tutti e tre questi strati (Delia-Michele; Doro-Francesco; Cinci) hanno poi un ulteriore grado di pubblico privilegiato nei due ispiratori reali della storia rappresentata, il Nuti e la Moreno, i quali a loro volta *recitano* per il pubblico costituito dagli *spettatori fittizi* degli intermezzi corali. Sicché gli *spettatori veri* vengono a essere contemporaneamente spettatori di livelli di rappresentazione plurimi, disposti in cerchi concentrici: Delia-Michele; Doro-Francesco; Cinci; Nuti-Moreno; gli spettatori degli intermezzi corali. In questo virtuosistico gioco di specchi la trama germinale – la passione di Delia e Michele – appare estremamente lontana, filtrata appunto com'è da tutta una serie di griglie. Il ritmo di finzione/smascheramento non ha la incisività e la capacità di scandaglio di *Vestire gli ignudi*. Il laido che emerge non ha la violenza e l'oltranza di quella commedia, restando piuttosto generico e superficiale.

Diciamolo in un altro modo. Pirandello non è interessato alla vicenda in sé e per sé, così come non lo era alla storia dei sei anonimi personaggi in cerca d'autore. In un caso come nell'altro ciò che importa è il discorso metateatrale che intorno a quegli intrecci – rifiutati o distanziati, allontanati sullo sfondo – si sviluppa. *Ciascuno a suo modo* ha solo due atti (anziché tre, come di solito per le commedie che si rispettano), ma acquista, in più, un Primo e un Secondo Intermezzo Corale. L'essenza dell'opera va cercata più negli intermezzi che negli atti.

La trilogia del teatro nel teatro: secondo episodio

La trilogia del teatro nel teatro è – contrariamente a quanto si pensa di solito – un risultato a posteriori, un sigillo che Pirandello incide sui suoi tre testi – *Sei personaggi, Ciascuno a suo modo, Questa sera si recita a soggetto* – una volta arrivato a comporre l'ultimo. L'espressione compare sostanzialmente per la prima volta nella prefazione al volume del 1933 di Mondadori che ristampa tutt'e tre insieme le opere in questione. Un approccio corretto al problema richiede anzi qualche piccola precisazione filologica: i *Sei personaggi* edizione originale del 1921 sono altra cosa dei *Sei personaggi* edizione definitiva del 1925; e *Ciascuno a suo modo* edizione originale del 1924 è altra cosa da *Ciascuno a suo modo* edizione definitiva del 1933. Soltanto *Questa sera si recita a soggetto*, edizione originale del 1930, non presenta varianti di importanza sostanziale. Insomma il discorso metateatrale si arricchisce strada facendo, non è affatto chiaro e unitario sin dall'inizio. Possiamo anzi dire che la piena maturità del discorso arriva per Pirandello solo con il 1929, come si evidenzia dal fatto che soltanto *Questa sera si recita a soggetto*, finito di scrivere nel 1929, non richiede aggiustamenti e ripensamenti. Ma qual è il senso complessivo di questo diagramma 1921/1924/1925/1930/1933? Diciamo che Pirandello si apre progressivamente a un rifiuto sempre più netto e più fermo della *scatola teatrale* della tradizione ottocentesca. I *Sei personaggi* del 1921 si limitano a *mimare* una rivoluzione scenica, dal momento che tutto si svolge sul palcoscenico e che i sei personaggi entrano direttamente sul palcoscenico, provenendo dalla porticina di servizio da cui arrivano gli attori, cioè dietro il palcoscenico. Anche

Ciascuno a suo modo del 1924 obbedisce alla stessa impostazione "moderata", di apparente eversione delle forme teatrali. Tutti i contrasti fra gli spettatori (che sono soltanto *finti spettatori*), oppure fra gli spettatori e gli attori (e personale del teatro) si svolgono rigorosamente sul palcoscenico. Il palcoscenico simula lo spazio teatrale complessivo. Le indicazioni sono nitidissime. All'inizio del Primo Intermezzo Corale: «Il sipario, appena abbassato, si rialzerà per mostrare quella parte del corridojo del teatro che conduce ai palchi di platea, alle poltrone, alle sedie, e in fondo, al palcoscenico». E al principio del Secondo Intermezzo: «Di nuovo il sipario, appena abbassato alla fine del secondo atto, si rialzerà, per mostrare la stessa parte del corridojo che conduce al palcoscenico». Gli Intermezzi non sono insomma intervalli veri per gli spettatori veri, ma sorta di atti ulteriori camuffati con il nome di «Intermezzi». C'è un solo vero intervallo per gli spettatori reali, ed è al termine del Primo Intermezzo, come si evince dalla famosa intervista di Pirandello pubblicata sulla rivista «Comoedia» il 15 gennaio 1924 sotto il titolo *La più indiavolata commedia di Pirandello: «Ciascuno a suo modo»*: «A questo punto suona il campanello, e tutti si avviano dal *foyer* verso l'interno del teatro per il secondo atto. Allora il sipario cala davvero, e il pubblico, quello vero, può venire nel *foyer*, vero, a fare i suoi commenti veri». *Ciascuno a suo modo* può anche sembrare «la più indiavolata commedia di Pirandello», ma in realtà tutto si svolge rispettosamente sul palcoscenico tradizionale, e nulla viene a incrinare la secolare distinzione e separazione fra attori e spettatori. I *finti spettatori* non si confondono in alcun modo con i *veri spettatori*: i primi stanno sul palcoscenico e i secondi stanno in platea. L'unico tentativo di superare questa barriera sta nelle due paginette della *Premessa* che precede i due atti e i due Intermezzi di *Ciascuno a suo modo*, ma questa *Premessa* non esiste nell'edizione originale del '24 della commedia.

Le cose si complicano con il 1925, l'anno dell'edizione definitiva dei *Sei personaggi*. La variante maggiore è data appunto dal diverso ingresso dei sei personaggi, che entrano dalla platea, che si mescolano cioè agli spettatori reali. E anche il Capocomico andrà su e giù, fra palcoscenico e platea, per seguire meglio l'azione. È cioè soltanto con il '25 che Pirandello comincia a praticare un'interazione effettiva fra palcoscenico e platea, tra finzione e realtà. E di questo farà tesoro, dapprima, nel terzo testo della trilogia, *Questa sera si recita a soggetto*, che è del '29, e, poi, nel '33, con la seconda edizione di *Ciascuno a suo modo*. È qui che compare la *Premessa* in cui Pirandello allarga la spettacolarità all'edificio autentico, reale, del teatro (le indicazioni prevedono «nei pressi del botteghino», «sulla strada o, più propriamente, sullo spiazzo davanti al teatro»). Qui veramente gli attori della vicenda e gli *spettatori finti* si mescolano agli *spettatori veri*. La data discriminante è dunque il 1925; la compiuta acquisizione di Pirandello alla rivoluzione teatrale avviene con la seconda metà degli anni Venti. La concomitanza con l'esperienza del Teatro d'Arte di Roma (che copre gli anni dal '25 al '28) è tanto evidente quanto eloquente. Il superamento delle vecchie forme non è in Pirandello un dato connaturato ma è il frutto di una crescita intellettuale che corrisponde al maturare di una pratica professionale. L'impegno nel capocomicato spinge Pirandello alle conclusioni cui l'avanguardia europea è giunta da tempo.

In verità è opportuno inserire la trilogia pirandelliana del teatro nel teatro nel contesto storico del primo ventennio del Novecento. Sin dal 1913 Marinetti pubblica un manifesto, *Il Teatro di Varietà*, che insiste sulla necessità di uno spiazzamento radicale nella relazione palcoscenico-platea. Il teatro di varietà gli appare l'unico capace di utilizzare la collaborazione del pubblico, di sottrarre il pubblico alla sua condizione tradizionale di «stupido *voyeur*». Se il teatro ottocentesco è fondato sulla finzione della quarta parete che esclude il pubblico, il teatro futurista mira appunto a infrangere questa distanza, ad attivizzare il pubblico, facendo in qualche modo dello spettatore *un attore*. Nei primi mesi del '15 Marinetti – con Settimelli e Corra – lancia un altro manifesto, *Il teatro futurista sintetico*, le cui conclusioni tornano a ribadire l'urgenza di «eliminare il preconcetto della ribalta lanciando delle reti di sensazioni tra palcoscenico e pubblico; l'azione scenica invaderà platea e spettatori». Alle *serate futuriste* si affiancano ben presto le *serate dadaiste*, le une e le altre caratterizzate da un incontroscontro fra pubblico e artisti di straordinaria carica dirompente. Alla cultura dadaista appartiene il testo di Breton e Soupault *S'il vous plaît*, del 1920, il cui quarto atto (una discussione del pubblico sullo spettacolo) presenta molti punti di contatto con *Ciascuno a suo modo*. Gli attori che recitano la parte degli spettatori (dissenzienti o consenzienti) sono collocati però nello spazio reale del luogo teatrale: le poltrone di platea, i palchi. A differenza di quanto avviene cioè in *Ciascuno a suo modo* i finti spettatori sono situati a fianco dei veri spettatori.

Le brevi considerazioni svolte fin qui ci riconfermano il carattere *moderato* delle innovazioni pirandelliane, almeno fino al 1924. Il primo quarto di secolo è tutto attraversato dal motivo della *partecipazione* del pubblico, del suo coinvolgimento: Futurismo, Dadaismo, Avanguardia Sovietica dei primi anni successivi alla Rivoluzione d'Ottobre. Pirandello risente di tutto questo e ha la capacità di depurare, rielaborare, approfondire. Ma a partire da una *medietà* che va sottolineata. La strategia del progetto culturale degli intellettuali europei di quegli anni punta – consciamente o inconsciamente – a valorizzare al massimo l'intervento del pubblico, a determinare l'irruzione della realtà, della vita, nel campo dell'arte e della finzione. Pirandello, tutto al contrario, sta ancorato saldissimamente al valore dell'arte, alla sua autosufficienza. *Ciascuno a suo modo* prende spunto da una vicenda di vita vissuta, ma esalta poi in maniera fermissima il primato della *fictio*.

La vita copia l'arte o l'arte copia l'arte?

Delia Morello e Michele Rocca sono personaggi della *fictio* mutuati da un fatto di cronaca di cui sono stati protagonisti la Moreno e il barone Nuti i quali, spettatori della *fictio*, non si ritrovano in essa, si sentono sfigurati e traditi e dunque gridano la loro rabbia. Ma poi, alla fine, si comportano esattamente come i personaggi inventati. È la vittoria insomma dell'arte che in qualche modo *divina* la realtà, intuisce e anticipa i comportamenti del reale. Ma c'è un passo, in chiusura di *Ciascuno a suo modo*, che potrebbe consentire di spingere ancora più in là il discorso pirandelliano sulla supremazia dell'arte.

È un passo che non cessa di stupirci e di inquietarci. Il Nuti e la Moreno hanno replicato la scena del Rocca e della Morello, e se ne sono andati via, abbracciati. Lo Spettatore intelligente sentenzia: «Hanno fatto per forza sotto i nostri occhi, senza volerlo, quello che l'arte aveva preveduto!», ma l'Attore Brillante ha l'ultima parola: «Non ci creda, signore. Quei due là? Guardi: sono l'attore brillante che ha rappresentato, convintissimo, la parte di Diego Cinci nella commedia. Appena usciti dalla porta, quei due là... – Lor signori non hanno veduto il terzo atto». C'è forse un segreto in questa battuta dell'Attore Brillante. I puntini di sospensione censurano una verità celata, forse inconfessabile. Anche la costruzione dialogica è molto insolita. Il filo logico dovrebbe essere a un dipresso il seguente: *Non ci creda, signore. Quei due là? Appena usciti dalla porta, quei due là...* E invece la linearità di siffatto messaggio è stranamente spezzata, deviata. Pirandello inserisce nel cuore della comunicazione l'autopresentazione dell'Attore Brillante («Guardi: sono l'attore brillante che ha rappresentato, convintissimo, la parte di Diego Cinci nella commedia»). Ci chiediamo perché mai l'Attore Brillante senta la necessità di dichiararsi in maniera tanto solenne. E perché solo a questo punto, e non prima, qualche battuta prima? Ma perché soprattutto in questo modo strano, a metà di un discorso che vorrebbe essere puramente informativo sulle vicende del Nuti e della Moreno? Proviamo a rispondere dicendo per intanto questo: se l'Attore Brillante si presenta con tanta ricchezza di specificazioni è *perché c'è bisogno che si presenti*. È cioè perché egli non è facilmente riconoscibile dal pubblico. Il trucco facciale, il costume, sono stati sufficienti a modificare sensibilmente la persona. L'Attore Brillante si deve confessare dinanzi agli spettatori come interprete di Diego Cinci perché la cosa non è così evidente, sia pure per chi l'ha avuto sotto gli occhi per circa due ore.

Ma se le cose stanno in questi termini, ecco allora che comincia a tralucere il profilo di un'equazione suggestiva, ovviamente con un valore incognito da scoprire: Diego Cinci sta all'Attore Brillante come il Nuti e la Moreno stanno a xy. Meglio ancora: Cinci *è* l'Attore Brillante, così come il Nuti e la Moreno *sono* semplicemente... il Primo Attore e la Prima Attrice (i quali, ovviamente, «appena usciti dalla porta», torneranno indietro di nascosto, nei camerini, a spogliarsi anche dei costumi di Nuti e della Moreno). Trovare l'incognita xy può essere facile come l'uovo di Colombo. Pirandello è naturalmente abile a lasciare dei segni, delle tracce.

Sin dall'inizio dice che la folla degli spettatori si apre per lasciar passare «*alcuni* attori e *alcune* attrici e l'Amministratore della Compagnia e il Direttore del Teatro, che vorrebbero persuaderli a rimanere» (corsivo nostro), restando volutamente nell'indeterminato. Il dialogo prevede battute attribuite a Il Caratterista, a La Caratterista, a L'Attore Brillante (o anche, genericamente, a Uno degli Attori, Un Altro, Un Altro Attore), ma non c'è indizio di battute assegnate al Primo Attore o alla Prima Attrice. La spiegazione è agevole. Perché il Primo Attore e la Prima Attrice non possono essere presenti in questa scena in cui si commenta l'uscita del Nuti e della Moreno abbracciati, e visto che il Nuti e la Moreno non sono niente altro che lo stesso Primo Attore e la stessa Prima Attrice. Di lei è detto espressamente, con molto anticipo, da parte della Caratterista: «La prima attrice del resto se n'è già andata!». Per quanto riguarda invece il Primo Attore abbiamo un'indicazione in negativo. Nell'edizione originale del '24 gli spettatori lasciano passare, propriamente, «alcuni attori e alcune attrici della Compagnia, *specialmente tra coloro che hanno preso parte al primo atto*, e l'Amministratore della Compagnia e il Direttore del Teatro, che vorrebbero persuaderli a rimanere». Orbene, nel primo atto non entra mai in scena Michele Rocca, cioè il Primo Attore. La precisazione funzionava quindi come spia sotterranea e involontaria, per informarci indirettamente che il Primo Attore faceva parte dell'imprecisato insieme di «alcuni attori e alcune attrici» che si fermano per un attimo a discutere con il pubblico. Il che contraddiceva con la possibilità che il Primo Attore sopravvenisse in quel momento in qualità di barone Nuti a fare la sua scena d'odio e d'amore con la Prima Attrice in qualità di Amelia Moreno (e contraddiceva anche l'indicazione dell'Attore Brillante: «Appena usciti dalla porta, quei due là...»). Va detto subito infatti che nella prima rappresentazione (del '24) della commedia – allestita da Dario Niccodemi, ma sotto lo sguardo vigile di Pirandello, e quindi in qualche modo *autenticata e legittimata* dallo stesso autore – Vera Vergani sosteneva la doppia parte della Morello e della Moreno, Luigi Cimara la doppia parte di Rocca e del barone Nuti. La successione delle scene delle due coppie di amanti deve essere quindi tale da consentire al Primo Attore e alla Prima Attrice di impersonare i due ruoli. Pirandello si è accorto dell'errore contenuto in quella precisazione che abbiamo posto sopra in corsivo («specialmente tra coloro che hanno preso parte al primo atto») e l'ha pertanto soppressa nella ristampa della commedia del 1933.

La scelta operata da Niccodemi è troppo impegnativa perché non la si debba considerare autorizzata da Pirandello. La doppia presenza del Primo Attore e della Prima Attrice rispettivamente come Rocca-Nuti e Morello-Moreno spiega meglio certe battute, come questa protesta della Moreno: «La mia stessa voce! I miei gesti! tutti i miei gesti! Mi sono vista! mi sono vista là!». È ovvio, dal momento che è la stessa attrice che ricopre i due ruoli... E dice bene allora, con sottile intelligenza delle cose, uno degli spettatori quando così interroga: «E ci sono dunque in teatro *gli atto-*

ri del dramma vero, della vita?» (corsivo nostro). Attori quelli della finzione Rocca-Morello, e attori quelli della realtà Nuti-Moreno. Forse la vicenda è ispirata veramente a un fatto di cronaca, a un Nuti e a una Moreno autentici, ma ciò che è da escludere recisamente – ciò che esclude per lo meno lo spettacolo di Niccodemi-Pirandello – è che i protagonisti reali siano fra il pubblico che assiste alla vicenda teatralizzata. Non il Nuti e la Moreno in persona, ma il Primo Attore e la Prima Attrice che si sono camuffati come tali. Nell'intervista citata a «Comoedia» Pirandello espone la trama di *Ciascuno a suo modo*, ma quando arriva alla Moreno e al Nuti spettatori non può fare a meno di lasciarsi andare a una battuta ironica, quasi una confessione cifrata: «Quella signora Morello, per la quale è successo, nell'antefatto, il dramma fra due uomini, è proprio la signora Moreno che, da un palco, ha assistito alla rappresentazione; e quell'uomo, nella commedia, è proprio l'uomo che sedeva vicino alla Moreno in teatro! *Quanto al morto non assiste alla rappresentazione*» (corsivo nostro). L'ironia scoperta sul morto che «non assiste alla rappresentazione» ci autorizza in qualche modo a sospettare che nemmeno il Nuti e la Moreno assistono alla rappresentazione, per il semplice fatto che essi sono impersonati dallo stesso Primo Attore e dalla stessa Prima Attrice che impersonano il Rocca e la Morello. Non dunque l'arte che copia la vita, e nemmeno la vita che copia l'arte, ma *l'arte che copia l'arte*. Nei *Sei personaggi* gli attori rifacevano la scena fra il Padre e la Figliastra; in *Ciascuno a suo modo* il Nuti e la Moreno rifanno il Rocca e la Morello, cioè il Primo Attore e la Prima Attrice rifanno il Primo Attore e la Prima Attrice. Fra i *Sei personaggi* e *Questa sera si recita a soggetto*, fra il 1921 e il 1929, Pirandello compie un percorso, supera le proprie diffidenze verso il mondo della scena, si impegna in prima persona nella pratica del capocomicato, finisce per comprendere e per accettare pienamente *l'autonomia dello spettacolo*. Lungo questo tragitto *Ciascuno a suo modo* è una tappa importante. Mentre futuristi e dadaisti tentano di mettere in discussione l'essenza e la grandezza della mimesi teatrale, aprendosi in qualche modo alla collaborazione più ampia del pubblico, dell'esterno, della strada, Pirandello capta questa gamma di irrequietudini, ma per svuotarle dall'interno. Finge di condurre un'azione di distruzione del congegno drammaturgico consolidato dalla tradizione, ma solo per rilanciarlo e riproporlo con maggiore autorevolezza. In *Il bagno* anche Majakovskij ricorre allo strumento del teatro nel teatro, ma nella convinzione che il teatro «non si limita a rispecchiare la vita, ma invece fa irruzione nella vita». Majakovskij usa l'artificio metateatrale nella determinazione di far funzionare il teatro come arma di critica, nella speranza, ancora una volta, di attirare il pubblico, di coinvolgerlo direttamente. Per Majakovskij *il teatro prolunga la vita*; per Pirandello invece *il teatro prolunga il teatro*.

Composto probabilmente fra l'aprile e il maggio del 1923, *Ciascuno a suo modo* fu messo in scena dalla compagnia di Niccodemi il 22 (o il 23) maggio del 1924. Pirandello lo rimise in scena con il Teatro d'Arte, ma – almeno apparentemente – senza un vero autentico interesse da parte sua. Come osservano Sandro D'Amico e Tinterri «è curioso il momento prescelto (le settimane in cui era assorbito pressoché totalmente da *La nuova colonia*). Ancor più singolare che lo spettacolo sia nato e morto in un'unica serata: quella del 26 gennaio 1928, al Politeama Giacosa di Napoli, e non sia stato proposto neppure a Roma, durante la lunga permanenza all'Argentina dove Pirandello aveva tutto l'interesse a presentare un testo di così grande effetto e prestigio». Le poche e generiche critiche di quell'evento non ci permettono neanche di farci un'idea dello spettacolo. L'unica novità accertata è la distribuzione di due diverse coppie di attori: Marta Abba e Rodolfo Martini per le parti di Morello e Rocca; e Tina Abba e Flavio Diaz per quelle di Moreno e Nuti. Lo scarso impegno manifestato da Pirandello nell'allestimento ci sconsiglia tuttavia di caricare di eccessivo significato questa vistosa modificazione rispetto alla scelta effettuata da Niccodemi.

La complessità dell'allestimento – che richiede più di una quarantina di interpreti – ha sempre rese poco frequenti le riprese di *Ciascuno a suo modo*. È restata comunque memorabile la realizzazione del Teatro Stabile di Genova (la prima al Teatro Carignano di Torino l'11 ottobre 1961), regia di Luigi Squarzina, scene di Pier Luigi Pizzi. Regia che mirava a datare la *pièce* sia per quanto riguardava le scene che i costumi dei personaggi. Gli intermezzi corali si svolgevano interamente sul palcoscenico, come richiesto da Pirandello (Squarzina ricorreva a una piattaforma girevole che poteva offrire sia gli interni di casa Palegari e di casa Savio dei due atti, sia lo spazio del teatro dei due Intermezzi Corali). Peccato che in tanto scrupolo di riproposizione filologica dell'opera Squarzina abbandonasse la scelta audace e provocatoria di Niccodemi, optando per una doppia presenza di attori: Lydia Alfonsi era la Morello, Turi Ferro era Rocca, Paola Mannoni era la Moreno e Claudio Camaso era Nuti. Efficacissimo il Diego Cinci di Alberto Lionello.

Cronologia

Riportiamo qui di seguito i dati essenziali della vita e delle opere di Pirandello, utilizzando la *Cronologia della vita e delle opere di Luigi Pirandello* a cura di Mario Costanzo, premessa al primo volume di *Tutti i romanzi*, nella nuova edizione dei «Meridiani» (Mondadori, Milano 1973), nonché la *Cronologia*, più attenta alla realtà teatrale, premessa da Alessandro D'Amico al primo volume delle *Maschere Nude*, nella stessa nuova edizione sopra ricordata (Mondadori, Milano 1986).

1867
Luigi Pirandello nasce il 28 giugno in una villa di campagna presso Girgenti (dal 1927 Agrigento) da Stefano Pirandello, ex garibaldino, dedito alla gestione delle zolfare, e da Caterina Ricci-Gramitto, sorella di un compagno d'armi del padre. Un doppio segno politico-ideologico che influirà su Pirandello, destinato a risentire acutamente le frustrazioni storiche di un personale laico-progressista schiacciato dal trasformismo "gattopardesco" e dalla sostanziale immobilità della Sicilia post-unitaria (il che spiegherà anche l'adesione di Pirandello al fascismo, come sorta cioè di protesta polemica rispetto allo stato di cose presente).

1870-1879
Riceve in casa l'istruzione elementare. Da una anziana donna di casa apprende invece fiabe e leggende del folklore siciliano che ritroveremo in molte sue opere (l'Angelo Centuno, le Donne della notte, ecc.). Ha una

forte vocazione per gli studi umanistici; scrive a dodici anni una tragedia in cinque atti (perduta) che recita con le sorelle e gli amici nel teatrino di famiglia.

1880-1885
La famiglia si trasferisce da Girgenti a Palermo. Pirandello prosegue la propria educazione letteraria, legge i poeti dell'Ottocento e compone poesie a loro imitazione.

1886-1889
A 19 anni si iscrive alla facoltà di Lettere dell'Università di Palermo ma l'anno dopo si trasferisce all'Università di Roma. L'interesse poetico si è fatto sempre più preciso. Nel 1889 esce a Palermo, presso Pedone Lauriel, la sua prima raccolta di versi, *Mal giocondo*. Continua però anche a scrivere testi teatrali (per lo più perduti o distrutti); ricordiamo almeno qualche titolo: *Gli uccelli dell'alto* del 1886, *Fatti che or son parole* del 1887, *Le popolane* del 1888. È la smentita più eloquente del luogo comune – ancora oggi largamente dominante – secondo cui Pirandello scoprirebbe il teatro solo verso i cinquant'anni. È fuor di dubbio invece che il teatro fu un amore originario e autentico, particolarmente intenso fra i venti e i trent'anni. Semmai sono le delusioni per la mancata messa in scena dei propri lavori che finiscono per allontanare Pirandello dal teatro, rinforzando per reazione la sua vena poetica. Intanto un contrasto insorto con un professore dell'Università romana (che era anche preside della Facoltà) spinge Pirandello a trasferirsi a Bonn nel novembre del 1889.

1890-1891
A Bonn si innamora di una ragazza tedesca, Jenny Schulz-Lander cui dedica la seconda raccolta di poesie, *Pasqua di Gea*, che sarà pubblicata nel 1891. Sempre nel 1891 si laurea in Filologia Romanza discutendo in tedesco una tesi sulla parlata di Girgenti.

1892-1899

Non fa il servizio militare (l'obbligo è assunto dal fratello Innocenzo). Si stabilisce a Roma dove, mantenuto dagli assegni paterni, può soddisfare la propria vena artistica. Luigi Capuana lo introduce negli ambienti letterari e giornalistici romani, sollecitandolo altresì a cimentarsi nella narrativa. Pirandello inizia così a collaborare a giornali e riviste. Si è sposato nel 1894 con Antonietta Portulano, figlia di un socio in affari del padre. Sempre nel '94 esce la prima raccolta di novelle, *Amori senza amore*. Compone ma non pubblica, fra il 1893 e il 1895, i suoi due primi romanzi, *L'esclusa* e *Il turno*. Non rinuncia però ancora del tutto al teatro. Nel '95 lavora a un dramma, *Il nido*, destinato a restare per vent'anni nei cassetti e a subire numerosi cambiamenti di titolo: *Il nibbio*, *Se non così*, *La ragione degli altri*. Intanto la famiglia è cresciuta: nel '95 nasce Stefano, nel '97 Rosalia, detta Lietta, nel '99 Fausto. Comincia a insegnare lingua italiana all'Istituto Superiore di Magistero di Roma.

1900-1904

È un quinquennio assai fertile per la narrativa. Mentre pubblica finalmente *L'esclusa*, nel 1901, e *Il turno*, nel 1902, compone il suo terzo romanzo, *Il fu Mattia Pascal*, pubblicato a puntate su rivista nel 1904. Una lettera del gennaio 1904 dimostra il suo interesse precoce per il cinematografo: medita già infatti un romanzo su questo ambiente (sarà il futuro *Si gira...* che sarà pubblicato nel 1915). Ma il 1903 è per lui un anno tragico: fallisce finanziariamente il padre e nella rovina è dissolta anche la dote della moglie la quale, in questa occasione, patisce il primo trauma che la condurrà a poco a poco alla pazzia. È un nuovo Pirandello che emerge dalla disgrazia: con moglie e tre figli da mantenere, si ingegna di arrotondare il magro stipendio di insegnante con lezioni private e con i quattro soldi per le sue collaborazioni giornalistiche.

1905-1914

È un decennio di passaggio e di trasformazione, ricco di risultati di scrittura, creativa e saggistica. Il relativo successo del *Fu Mattia Pascal* gli apre le porte di una casa editrice importante, quella di Treves. Dal 1909 inizia anche la collaborazione al prestigioso «Corriere della Sera». Nel 1908 pubblica il suo contributo teorico più noto, *L'umorismo*, ma anche il saggio *Illustratori, attori e traduttori* che rivela tutta la diffidenza pirandelliana verso il mondo degli operatori teatrali, verso la realtà concreta, materiale, della scena. Prosegue anche la produzione di romanzi: nel 1909 l'affresco storico *I vecchi e i giovani*, sulle vicende siciliane fra Garibaldi e Fasci Siciliani; nel 1911 *Suo marito* nel quale il teatro ha una certa parte (la protagonista è una scrittrice che compone anche due drammi: uno è il vecchio e mai rappresentato *Se non così*; l'altro sarà il mito *La nuova colonia*). Nel 1910, per incitamento dell'amico Nino Martoglio, commediografo e direttore di teatro siciliano, compone l'atto unico *Lumìe di Sicilia*, ricavato dalla novella omonima. È l'inizio di una ripresa netta di attenzione per il teatro. Scrive essenzialmente atti unici, che cominciano però ad avere la verifica della messinscena.

1915-1920

È la grande esplosione della drammaturgia pirandelliana. Scrive e fa rappresentare in questo periodo *La ragione degli altri*, una serie di testi in siciliano (*Pensaci, Giacomino!*, *Il berretto a sonagli*, *Liolà*, *La giara*), nonché le prime fondamenta della sua produzione "borghese" (*Così è (se vi pare)*, *Il piacere dell'onestà*, *L'innesto*, *Il giuoco delle parti*, *Tutto per bene*, ecc.). Per i lavori dialettali si appoggia al geniale attore siciliano Angelo Musco, ma per i testi in lingua può contare sui più bei nomi del mondo dello spettacolo italiano: Ruggero Ruggeri, che sarà un raffinato interprete pirandelliano, Marco Praga, Virgilio Talli, uno dei padri anticipatori del nuovo teatro di regia. L'intensa attività teatrale corrisponde a una fase fortemente drammatica della biografia pirandelliana: il figlio Stefano, volontario in guerra, è fatto prigioniero dagli austriaci; nel 1919 la moglie è internata in una casa di cura (arrivava ad accusare il marito di passione incestuosa per la figlia Lietta).

1921-1924
Siamo al punto più alto della creatività drammaturgica di Pirandello. Il 9 maggio 1921 i *Sei personaggi in cerca d'autore* cadono rovinosamente al Teatro Valle di Roma, ma si impongono a Milano il 27 settembre dello stesso anno. Due anni dopo, a Parigi, sono allestiti da Georges Pitoëff: è il trampolino di lancio per un successo europeo e mondiale, dei *Sei personaggi* e di Pirandello in generale. Nell'autunno dello stesso '21 compone *Enrico IV*, in scena a Milano il 24 febbraio del '22: un trionfo personale di Ruggero Ruggeri. Nasce anche il "pirandellismo", auspice il filosofo Adriano Tilgher che nel '22 pubblica pagine rimaste memorabili sullo spessore filosofeggiante del pensiero pirandelliano. *Ciascuno a suo modo*, allestito nel '24, prosegue il discorso metateatrale iniziato da Pirandello con i *Sei personaggi*, ma è anche già un modo di riflettere sui complessi problemi che la diffusione del pirandellismo determina a livello di pubblico, di critica, di rapporti autore-attori-spettatori. Il 19 settembre 1924 chiede l'iscrizione al partito fascista con una lettera pubblicata su «L'Impero»: è anche un gesto provocatorio in un momento in cui i contraccolpi del delitto Matteotti sembrano alienare al fascismo alcune simpatie su cui aveva fino a quel momento contato.

1925-1928
Ristampa nel '25 i *Sei personaggi* in una nuova edizione riveduta e ampliata, che tiene conto anche di taluni suggerimenti dello spettacolo di Pitoëff. Pirandello si

apre sempre più alla dimensione pratica, concreta, del mondo della scena. Tra il '25 e il '28 dirige la compagnia del neonato Teatro d'Arte di Roma che inaugura la propria attività il 4 aprile 1925 con l'atto unico *Sagra del Signore della Nave*. Pirandello si fa capocomico, si cala con impegno dentro i problemi della messinscena e della regia (ancora sostanzialmente sconosciuta in Italia). Con il Teatro d'Arte allestisce testi suoi ma anche testi di altri, in Italia e all'estero. Il Teatro d'Arte rivela una nuova attrice, Marta Abba, grande amore tardivo dello scrittore, cui ispira nuovi lavori: *Diana e la Tuda*, *L'amica delle mogli*, *La nuova colonia*, ecc.

1929-1936
Nel marzo del 1929 è chiamato a far parte della Regia Accademia d'Italia. Ha ormai raggiunto una fama internazionale. Alcuni suoi nuovi lavori vedono la prima mondiale all'estero. È il caso di *Questa sera si recita a soggetto*, allestita il 25 gennaio 1930 a Berlino, con la quale Pirandello chiude la trilogia del "teatro nel teatro" iniziata con i *Sei personaggi*. Nello stesso anno parte per Hollywood per seguire le riprese del film *Come tu mi vuoi* (con Greta Garbo) tratto dal suo dramma omonimo, allestito da Marta Abba il 18 febbraio. Il 20 settembre 1933 va in scena a Buenos Aires *Quando si è qualcuno*; il 19 dicembre 1934 a Praga è la volta di *Non si sa come*. Nello stesso '34 riceve il premio Nobel per la letteratura. Ritorna in questi ultimi anni a scrivere novelle, diradatesi dal '26 in avanti. Sono novelle di un genere nuovo, più attente alla dimensione surreale, alle suggestioni del mondo inconscio. Moltiplica la propria presenza nel mondo del cinema. Cura i dialoghi del film *Il fu Mattia Pascal* di Pierre Chenal, girato a Roma, negli stabilimenti di Cinecittà. Si ammala di polmonite alle ultime riprese e muore a Roma il 10 dicembre 1936.

Catalogo delle opere drammatiche

Riportiamo qui di seguito una sintesi dell'accuratissimo *Catalogo* redatto da Alessandro D'Amico e premesso al primo volume delle *Maschere Nude*, nella nuova edizione dei «Meridiani», curato dallo stesso D'Amico (Mondadori, Milano 1986). Per i dati relativi alle prime rappresentazioni e alle compagnie teatrali si è fatto ricorso anche a M. Lo Vecchio Musti, *Bibliografia di Pirandello*, Mondadori, Milano 1952², pp. 177-185.

Legenda

Titolo: l'asterisco contrassegna i 43 testi compresi nelle «Maschere nude»; la definizione che segue il titolo: fuori parentesi, è tratta dalle stampe; in parentesi tra virgolette, è tratta da fonti manoscritte; in parentesi senza virgolette è una nostra ipotesi.
Fonte: salvo indicazione contraria il titolo si riferisce alle novelle che costituiscono la fonte principale del dramma; tra parentesi l'anno di pubblicazione.
Stesura: la datazione si riferisce sempre alla prima stesura ed è per lo più basata sull'epistolario.
Edizioni: viene indicato l'anno della prima stampa e delle successive edizioni con varianti rispetto alla prima; l'asterisco segnala le edizioni nelle quali la revisione del testo è stata più consistente; non vengono indicate le semplici ristampe.
Note: per «autografo» si intende uno scritto a mano o un dattiloscritto di Pirandello; per «apografo», un manoscritto coevo di mano di copista.

titolo	fonte	stesura
*L'EPILOGO ("scene drammatiche"; poi intit. LA MORSA, epilogo in un atto)	nel 1897 uscirà una novella, «La paura», sullo stesso soggetto	novembre 1892
*[IL NIDO] ("dramma in quattro atti"; poi intit. IL NIBBIO, SE NON COSÌ, e infine LA RAGIONE DEGLI ALTRI, commedia in tre atti)	«Il nido» (1895)	fine 1895
*LUMIE DI SICILIA commedia in un atto	«Lumie di Sicilia» (1900)	1910 (?)
*IL DOVERE DEL MEDICO un atto	«Il gancio» (1902; poi intit. «Il dovere del medico» 1911)	1911
*CECÉ commedia in un atto		luglio 1913
LUMIE DI SICILIA (versione siciliana)	vedi sopra	maggio 1915

I rappr.	edizioni	note
Roma, 9 dic. 1910 Teatro Metastasio Compagnia del Teatro Minimo diretta da Nino Martoglio	1898.1914*. 1922*	autografo
Milano, 19 apr. 1915 Teatro Manzoni Compagnia Stabile Milanese diretta da Marco Praga (prima attrice Irma Gramatica)	1916.1917*. 1921.1925*. 1935	
Roma, 9 dic. 1910 Vedi sopra *La Morsa*, insieme alla quale andò in scena	1911.1920*. 1926	apografo
Roma, 20 giu. 1913 Sala Umberto I Compagnia del Teatro per Tutti diretta da Lucio D'Ambra e Achille Vitti	1912.1926*	
Roma, 14 dic. 1915 Teatro Orfeo Compagnia Ignazio Mascalchi	1913.1926	
Catania, 1 lug. 1915 Arena Pacini Compagnia Angelo Musco	inedito	autografo

titolo	fonte	stesura
PENSACI, GIACUMINU! (in siciliano) commedia in tre atti	«Pensaci, Giacomino!» (1910)	feb.-mar. 1916
*ALL'USCITA mistero profano		aprile 1916
'A BIRRITTA CU 'I CIANCIANEDDI (in siciliano) commedia in due atti	«La verità» (1912) «Certi obblighi» (1912)	agosto 1916
LIOLÀ (in agrigentino) commedia campestre in tre atti	Capitolo IV del romanzo «Il fu Mattia Pascal» (1904); «La mosca» (1904)	ago.-set. 1916
'A GIARRA (in agrigentino) commedia in un atto	«La giara» (1909)	1916 (ottobre?)
*PENSACI, GIACOMINO! (versione italiana)	vedi sopra	gennaio 1917 (circa)
LA MORSA (versione siciliana)	vedi sopra	1917 (febbraio?)

I rappr.	*edizioni*	*note*
Roma, 10 lug. 1916 Teatro Nazionale Compagnia Angelo Musco	inedito	apografo
Roma, 28 sett. 1922 Teatro Argentina Compagnia Lamberto Picasso	1916	
Roma, 27 giu. 1917 Teatro Nazionale Compagnia Angelo Musco	inedito	autografo
Roma, 4 nov. 1916 Teatro nazionale Compagnia Angelo Musco	1917 (testo siciliano e traduzione italiana)	autografo
Roma, 9 lug. 1917 Teatro Nazionale Compagnia Angelo Musco	1963	autografo
Milano, 11 ott. 1920 Teatro Manzoni Compagnia Ugo Piperno	1917.1918. 1925*.1935	
Roma, 6 set. 1918 Teatro Manzoni Compagnia Giovanni Grasso jr.		testo non reperito

titolo	fonte	stesura
*COSÌ È (SE VI PARE) parabola in tre atti	«La signora Frola e il signor Ponza, suo genero» (1917)	mar.-apr. 1917
*IL PIACERE DELL'ONESTÀ commedia in tre atti	«Tirocinio» (1905)	apr.-mag. 1917
*L'INNESTO commedia in tre atti		set.-ott. 1917
LA PATENTE (in siciliano) commedia in un atto	«La patente» (1911)	(1917? dicembre?)
*LA PATENTE (versione italiana)	vedi sopra	dic. 1917-gen. 1918
*MA NON È UNA COSA SERIA commedia in tre atti	«La signora Speranza» (1902) «Non è una cosa seria» (1910)	ago. (?) 1917-feb. 1918
*IL BERRETTO A SONAGLI (versione italiana)	vedi sopra	estate 1918

XLVII

I rappr.	edizioni	note
Milano, 18 giu. 1917 Teatro Olympia Compagnia Virgilio Talli	1918.1918. 1925*.1935	
Torino, 27 nov. 1917 Teatro Carignano Compagnia Ruggero Ruggeri	1918.1918. 1925*.1935	
Milano, 29 gen. 1919 Teatro Manzoni Compagnia Virgilio Talli	1919.1921*. 1925.1936	autografo
Torino, 23 mar. 1918 Teatro Alfieri Compagnia Angelo Musco	1986	autografo
	1918.1920*. 1926	
Livorno, 22 nov. 1918 Teatro Rossini Compagnia Emma Gramatica	1919.1925	
Roma, 15 dic. 1923 Teatro Morgana Compagnia Gastone Monaldi	1918.1920*. 1925*	

titolo	fonte	stesura
*IL GIUOCO DELLE PARTI in tre atti	«Quando s'è capito il giuoco» (1913)	lug.-set. 1918
*L'UOMO, LA BESTIA E LA VIRTÙ apologo in tre atti	«Richiamo all'obbligo» (1906)	gen.-feb. 1919
*COME PRIMA, MEGLIO DI PRIMA commedia in tre atti	«La veglia» (1904)	1919 (ottobre?)
*TUTTO PER BENE commedia in tre atti	«Tutto per bene» (1906)	1919-1920
*LA SIGNORA MORLI, UNA E DUE commedia in tre atti	«Stefano Giogli, uno e due» (1909) «La morta e la viva» (1910)	1920 (est.-aut.?)

I rappr.	edizioni	note
Roma, 6 dic. 1918 Teatro Quirino Compagnia Ruggero Ruggeri (prima attrice Vera Vergani)	1919.1919*. 1925.1935	
Milano, 2 mag. 1919 Teatro Olympia Compagnia Antonio Gandusio	1919.1922*. 1935*	
Venezia, 24 mar. 1920 Teatro Goldoni Compagnia Ferrero-Celli-Paoli	1921.1935	
Roma, 2 mar. 1920 Teatro Quirino Compagnia Ruggero Ruggeri	1920.1935	
Roma, 12 nov. 1920 Teatro Argentina Compagnia Emma Gramatica	1922.1936	

titolo	fonte	stesura
*SEI PERSONAGGI IN CERCA D'AUTORE commedia da fare	«Personaggi» (1906) «La tragedia di un personaggio» (1911) «Colloqui coi personaggi» (1915)	ott. 1920-gen. (?) 1921
*ENRICO IV tragedia in tre atti		sett.-nov. 1921
*VESTIRE GLI IGNUDI commedia in tre atti		apr.-mag. 1922
*L'IMBECILLE commedia in un atto	«L'imbecille» (1912)	?
*L'UOMO DAL FIORE IN BOCCA dialogo	«Caffè notturno» (1918, poi intit. «La morte addosso» 1923)	?

I rappr.	edizioni	note
Roma, 9 mag. 1921 Teatro Valle Compagnia Dario Niccodemi (interpreti Luigi Almirante e Vera Vergani)	1921.1923*. 1925*.1927. 1935	
Milano, 24 feb. 1922 Teatro Manzoni Compagnia Ruggero Ruggeri e Virgilio Talli	1922.1926*. 1933	autografo prime stesure
Roma, 14 nov. 1922 Teatro Quirino Compagnia Maria Melato	1923.1935	autografo
Roma, 10 ott. 1922 Teatro Quirino Compagnia Alfredo Sainati	1926.1935	autografo
Roma, 21 febbraio 1923 Teatro degli Indipendenti Compagnia degli Indipendenti diretta da Anton Giulio Bragaglia	1926.1935	

titolo	fonte	stesura
*LA VITA CHE TI DIEDI tragedia in tre atti	«La camera in attesa» (1916) «I pensionati della memoria» (1914)	gen.-feb. 1923
*CIASCUNO A SUO MODO commedia in due o tre atti con intermezzi corali	da un episodio del rom. «Si gira...» (1915)	1923 (apr.-mag.?)
*L'ALTRO FIGLIO commedia in un atto	«L'altro figlio» (1905)	?
*SAGRA DEL SIGNORE DELLA NAVE commedia in un atto	«Il Signore della Nave» (1916)	estate 1924
*LA GIARA (versione italiana)	vedi sopra	1925?
*DIANA E LA TUDA tragedia in tre atti		ott. 1925-ago. 1926

I rappr.	*edizioni*	*note*
Roma, 12 ott. 1923 Teatro Quirino Compagnia Alda Borelli	1924.1933	
Milano, 22 o 23 mag. 1924 Teatro dei Filodrammatici Compagnia Dario Niccodemi (interpreti Luigi Cimara e Vera Vergani)	1924.1933*	
Roma, 23 nov. 1923 Teatro Nazionale Compagnia Raffaello e Garibalda Niccòli	1925	
Roma, 2 apr. 1925 Teatro Odescalchi Compagnia Teatro d'Arte diretta da Luigi Pirandello	1924.1925	
Roma, 30 mar. 1925	1925	
Milano, 14 gen. 1927 Teatro Eden Compagnia Teatro d'Arte diretta da Luigi Pirandello (prima attrice Marta Abba) (I rappr. assoluta: «Diana und die Tuda», Zurigo, 20 nov. 1926)	1927.1933	

titolo	fonte	stesura
*L'AMICA DELLE MOGLI commedia in tre atti	«L'amica delle mogli» (1894)	ago. 1926
*BELLAVITA un atto	«L'ombra del rimorso» (1914)	1926 (ante 17 ott.)
*LIOLÀ (versione italiana)	vedi sopra	1927?
*LA NUOVA COLONIA mito - prologo e tre atti	trama nel romanzo «Suo marito» (1911)	mag. 1926-giu. 1928
*LAZZARO mito in tre atti		1928 (feb.-apr.?)

I rappr.	edizioni	note
Roma, 28 apr. 1927 Teatro Argentina Compagnia Teatro d'Arte diretta da Luigi Pirandello (interpreti Marta Abba e Lamberto Picasso)	1927.1936	
Milano, 27 maggio 1927 Teatro Eden Compagnia Almirante- Rissone-Tofano	1928.1933	autografo
Roma, 12 nov. 1929 Teatro Orfeo Compagnia Ignazio Ma- scalchi (primo attore Carlo Lombardi)	1928.1937*	
Roma, 24 mar. 1928 Teatro Argentina Compagnia Teatro d'Arte diretta da Luigi Pirandello (interpreti Marta Abba e Lamberto Picasso)	1928	
Torino, 7 dic. 1929 Teatro di Torino Compagnia Marta Abba (I rappr. assoluta in in- glese: Huddersfield, 9 lug. 1929)	1929	

titolo	fonte	stesura
*SOGNO (MA FORSE NO)		dic. 1928-gen. 1929
*QUESTA SERA SI RECITA A SOGGETTO	«Leonora addio!» (1910)	fine 1928-inizio 1929
*O DI UNO O DI NESSUNO commedia in tre atti	«O di uno o di nessuno» (1912 e 1925)	apr.-mag. 1929
*COME TU MI VUOI (tre atti)		?
*LA FAVOLA DEL FIGLIO CAMBIATO tre atti in cinque quadri musica di Gian Francesco Malipiero	«Il figlio cambiato» (1902)	estate 1930-estate 1932

I rappr.	*edizioni*	*note*
Genova, 10 dic. 1937 Giardino d'Italia Filodrammatica del Gruppo Universitario di Genova (I rappr. assoluta: «Sonho (mas talvez nâo)», Lisbona, 22 set. 1931)		
Torino, 14 apr. 1930 Teatro di Torino Compagnia Guido Salvini (I rappr. assoluta: «Heute Abend wird aus dem Stegreif gespielt», Königsberg, 25 gen. 1930)	1930.1933*	
Torino, 4 nov. 1929 Teatro di Torino Compagnia Almirante-Rissone-Tofano	1929	
Milano, 18 feb. 1930 Teatro dei Filodrammatici Compagnia Marta Abba	1930.1935	
Roma, 24 mar. 1934 Teatro Reale dell'Opera Musica di Gian Francesco Malipiero Direttore d'orchestra Gino Marinuzzi (I rappr. assoluta: «Die Legende von verstauschten Sohn», Braunschweig, 13 gen. 1934)	1933.1938*	

titolo	fonte	stesura
*I FANTASMI (prima e seconda parte del "mito" I GIGANTI DELLA MONTAGNA)		apr. 1930-mar. 1931
*TROVARSI tre atti		lug.-ago. 1932
*QUANDO SI È QUALCUNO rappresentazione in tre atti		set.-ott. 1932
*I GIGANTI DELLA MONTAGNA ("secondo atto", corrispondente alla terza parte)	«Lo stormo e l'Angelo Centuno» (1910)	estate 1933
*NON SI SA COME dramma in tre atti	«Nel gorgo» (1913) «Cinci» (1932) «La realtà del sogno» (1914)	lug.-set. 1934

I rappr.	edizioni	note
Firenze, 5 giu. 1937 Giardino di Boboli Complesso diretto da Renato Simoni (interpreti Andreina Pagnani e Memo Benassi)	1931.1933	autografo
Napoli, 4 nov. 1932 Teatro dei Fiorentini Compagnia Marta Abba	1932	
San Remo, 7 nov. 1933 Teatro del Casino Municipale Compagnia Marta Abba (I rappr. assoluta: «Cuando se es alguien», Buenos Aires, 20 set. 1933)	1933	
Firenze, 5 giugno 1937 vedi sopra *I fantasmi*	1934	il terzo e ultimo atto (o quarta parte) non fu mai scritto
Roma, 13 dic. 1935 Teatro Argentina Compagnia Ruggero Ruggeri (I rappr. assoluta: «Člověk ani neví jak» Praga, 19 dic. 1934)	1935	

Bibliografia

Opere di Pirandello

Tutte le opere di Pirandello sono ristampate nei «Classici Contemporanei Italiani» di Mondadori (due volumi di *Maschere Nude*, due di *Novelle per un anno*, uno di *Tutti i romanzi* e uno di *Saggi, poesie, scritti varii*). È attualmente in corso di pubblicazione nella collezione «I Meridiani», di Mondadori, una riedizione integrale di tutto il *corpus* pirandelliano, su basi filologiche più attente e rigorose, diretta da Giovanni Macchia. Per il momento sono usciti:
- *Tutti i romanzi*, due volumi, a cura di Giovanni Macchia con la collaborazione di Mario Costanzo, Introduzione di Giovanni Macchia, Cronologia, Note ai testi e varianti a cura di Mario Costanzo (1973);
- *Novelle per un anno*, tre volumi, ciascuno in due tomi, a cura di Mario Costanzo, Premessa di Giovanni Macchia, Cronologia, Note ai testi e varianti a cura di Mario Costanzo (1985; 1987; 1990);
- *Maschere Nude*, volume primo, a cura di Alessandro D'Amico, Premessa di Giovanni Macchia, Cronologia 1875-1917, Catalogo delle opere drammatiche, Note ai testi e varianti a cura di Alessandro D'Amico (1986).

Dell'ampio epistolario pirandelliano ci limitiamo a ricordare quanto è uscito in volume:
- Pirandello-Martoglio, *Carteggio inedito*, commento e note di Sarah Zappulla Muscarà, Pan, Milano 1979.
- Luigi Pirandello, *Carteggi inediti con Ojetti - Alberti-*

ni - Orvieto - Novaro - De Gubernatis - De Filippo, a cura di Sarah Zappulla Muscarà, Bulzoni, Roma 1980.
- Luigi Pirandello, *Lettere da Bonn (1889-1891)*, introduzione e note di Elio Providenti, Bulzoni, Roma 1984.
- Luigi Pirandello, *Epistolario familiare giovanile (1886-1898)*, a cura di Elio Providenti, Le Monnier, Firenze 1986.

Studi biografici e bibliografici

Federico Vittore Nardelli, *L'uomo segreto. Vita e croci di Luigi Pirandello*, Mondadori, Verona 1932 (ristampato con il titolo *Pirandello. L'uomo segreto*, a cura e con prefazione di Marta Abba, Bompiani, Milano 1986.
Manlio Lo Vecchio Musti, *Bibliografia di Pirandello*, Mondadori, Milano 1937, 1952^2.
Gaspare Giudice, *Luigi Pirandello*, Utet, Torino 1963.
Franz Rauhut, *Der junge Pirandello*, Beck, München 1964 (cronologia alle pp. 443-482).
Alfredo Barbina, *Bibliografia della critica pirandelliana, 1889-1961*, Le Monnier, Firenze 1967.
Fabio Battistini, *Giunte alla bibliografia di Luigi Pirandello*, in «L'osservatore politico letterario», Milano, dicembre 1975, pp. 43-58.
Enzo Lauretta, *Luigi Pirandello*, Mursia, Milano 1980.

Studi critici

Adriano Tilgher, *Studi sul teatro contemporaneo*, Libreria di Scienze e Lettere, Roma 1922.
Piero Gobetti, *Opera critica*, vol. II, Edizioni del Baretti, Torino 1927

Benedetto Croce, *Luigi Pirandello*, in *Letteratura della Nuova Italia*, vol. VI, Laterza, Bari 1940.

Antonio Gramsci, *Letteratura e vita nazionale*, Einaudi, Torino 1950.

Leonardo Sciascia, *Pirandello e il pirandellismo*, Sciascia, Caltanissetta 1953.

Giacomo Debenedetti, *«Una giornata» di Pirandello*, in *Saggi critici*, Mondadori, Milano 1955.

Carlo Salinari, *Miti e coscienza del decadentismo italiano*, Feltrinelli, Milano 1960.

Leonardo Sciascia, *Pirandello e la Sicilia*, Sciascia, Caltanissetta-Roma 1961.

Arcangelo Leone de Castris, *Storia di Pirandello*, Laterza, Bari 1962.

Gösta Andersson, *Arte e teoria. Studi sulla poetica del giovane Luigi Pirandello*, Almqvist & Wiksell, Stockholm 1966.

Lucio Lugnani, *Pirandello, Letteratura e teatro*, La Nuova Italia, Firenze 1970.

Claudio Vicentini, *L'estetica di Pirandello*, Mursia, Milano 1970.

Gianfranco Venè, *Pirandello fascista*, Sugar, Milano 1971.

Giacomo Debenedetti, *Il romanzo del Novecento*, Garzanti, Milano 1971.

Roberto Alonge, *Pirandello tra realismo e mistificazione*, Guida, Napoli 1972.

Renato Barilli, *La linea Svevo-Pirandello*, Mursia, Milano 1972.

Silvana Monti, *Pirandello*, Palumbo, Palermo 1974.

Jean-Michel Gardair, *Pirandello e il suo doppio*, Abete, Roma 1977.

Robert Dombroski, *La totalità dell'artificio. Ideologia e forme nel romanzo di Pirandello*, Liviana, Padova 1978.

Alfredo Barbina, *La biblioteca di Luigi Pirandello*, Bulzoni, Roma 1980.

Paolo Puppa, *Fantasmi contro giganti. Scena e immaginario in Pirandello*, Pàtron, Bologna 1978.

Giovanni Macchia, *Pirandello o la stanza della tortura*, Mondadori, Milano 1981.

Massimo Castri, *Pirandello Ottanta*, Ubulibri, Milano 1981.

Jean Spizzo, *Pirandello: dissolution et genèse de la représentation théâtrale. Essai d'interprétation psychanalytique de la dramaturgie pirandellienne*, volumi due (thèse d'état, Paris VIII).

Elio Gioanola, *Pirandello la follia*, Il melangolo, Genova 1983.

Sarah Zappulla Muscarà, *Pirandello in guanti gialli*, Sciascia, Caltanissetta-Roma 1983.

Guido Davico Bonino (a cura di), *La "prima" dei «Sei personaggi in cerca d'autore». Scritti di Luigi Pirandello, testimonianze, cronache teatrali*, Tirrenia Stampatori, Torino 1983.

Nino Borsellino, *Ritratto di Pirandello*, Laterza, Bari 1983.

Roberto Alonge-André Bouissy-Lido Gedda-Jean Spizzo, *Studi pirandelliani. Dal testo al sottotesto*, Pitagora, Bologna 1986.

Giovanni Cappello, *Quando Pirandello cambia titolo: occasionalità o strategia?*, Mursia, Milano 1986.

Lucio Lugnani, *L'infanzia felice e altri saggi su Pirandello*, Liguori, Napoli 1986.

Alessandro D'Amico-Alessandro Tinterri, *Pirandello capocomico. La compagnia del Teatro d'Arte di Roma, 1925-1928*, Sellerio, Palermo 1987.

Giuseppina Romano Rochira, *Pirandello capocomico e regista nelle testimonianze e nella critica*, Adriatica, Bari 1987.

Paolo Puppa, *Dalle parti di Pirandello*, Bulzoni, Roma 1987.

Umberto Artioli, *Le sei tele divine. L'enigma di Pirandello*, Laterza, Bari 1988.

Roberto Alonge, *Studi di drammaturgia italiana*, Bulzoni, Roma 1989.

Atti di convegni

Teatro di Pirandello, Centro Nazionale Studi Alfieriani, Asti 1967.
Atti del congresso internazionale di studi pirandelliani, Le Monnier, Firenze 1967.
I miti di Pirandello, Palumbo, Palermo 1975.
Il romanzo di Pirandello, Palumbo, Palermo 1976.
Il teatro nel teatro di Pirandello, Centro Nazionale Studi Pirandelliani, Agrigento 1977.
Pirandello e il cinema, Centro Nazionale Studi Pirandelliani, Agrigento 1978.
Gli atti unici di Pirandello, Centro Nazionale Studi Pirandelliani, Agrigento 1978.
Le novelle di Pirandello, Centro Nazionale Studi Pirandelliani, Agrigento 1980.
Pirandello poeta, Vallecchi, Firenze 1981.
Pirandello saggista, Palumbo, Palermo 1982.
Pirandello e il teatro del suo tempo, Centro Nazionale Studi Pirandelliani, Agrigento 1983.
Pirandello dialettale, Palumbo, Palermo 1983.
Pirandello e la cultura del suo tempo, Mursia, Milano 1984.
Pirandello e la drammaturgia tra le due guerre, Centro Nazionale Studi Pirandelliani, Agrigento 1985.
Teatro: teorie e prassi, La Nuova Italia Scientifica, Firenze 1986.
Testo e messa in scena in Pirandello, La Nuova Italia Scientifica, Firenze 1986.

Studi specifici su «La vita che ti diedi» e «Ciascuno a suo modo»

Su *La vita che ti diedi* si vedano in particolare:

Massimo Castri, *Pirandello Ottanta*, a cura di Ettore Capriolo, cit., pp. 41-69.
Elio Gioanola, *Pirandello la follia*, cit., pp. 245-247.
André Bouissy, *Notice*, in Pirandello, *Théâtre complet*, cit. vol. II, pp. 1346-1363.

Su *Ciascuno a suo modo* si vedano in particolare:

Steen Jansen, *L'unità della Trilogia come unità di una ricerca continua*, in AA.VV., *Il teatro nel teatro di Pirandello*, cit., pp. 223-236.
Jean-Michel Gardair, *Vampirismo dell'arte e matricidio in «Ciascuno a suo modo»*, in *Ivi*, pp. 115-126.
Luigi Squarzina, *Pirandello e la "maniera" ovvero «Ciascuno a suo modo» e il teatro totale delle avanguardie*, in AA.VV., *Pirandello e il teatro del suo tempo*, cit., pp. 163-196.
Alessandro D'Amico-Alessandro Tinterri, *Pirandello capocomico. La Compagnia del Teatro d'Arte di Roma 1925-1928*, cit., pp. 268-269 (sull'allestimento del Teatro d'Arte).

LA VITA CHE TI DIEDI

tragedia in tre atti

PERSONAGGI

Donn'Anna Luna
Lucia Maubel
Francesca Noretti *sua madre*
Donna Fiorina Segni *sorella di Donn'Anna*
Don Giorgio Mei *parroco*
Lida e Flavio *figli di Donna Fiorina*
Elisabetta *vecchia nutrice*
Giovanni *vecchio giardiniere*
Due fanti
Donne del contado

In una villa solitaria della campagna toscana
Oggi

ATTO PRIMO

Stanza quasi nuda e fredda, di grigia pietra, nella villa solitaria di Donn'Anna Luna. Una panca, uno stipo, una tavola da scrivere, altri pochi arredi antichi da cui spira un senso di pace esiliata dal mondo. Anche la luce che entra da un'ampia finestra pare provenga da una lontanissima vita. Un uscio è in fondo e un altro nella parete di destra, molto più prossimo alla parete di fondo che al proscenio.

Al levarsi della tela, davanti all'uscio di destra che immette nella stanza dove si suppone giaccia moribondo il figlio di Donn'Anna Luna, si vedranno alcune donne del contado, parte inginocchiate e parte in piedi, ma curve in atteggiamento di preghiera, con le mani congiunte innanzi alla bocca. Le prime, quasi toccando terra con la fronte, reciteranno sommessamente le litanie per gli agonizzanti; le altre spieranno ansiose e sgomente il momento del trapasso e a un certo punto faranno il segno a quelle d'interrompere la litania e, dopo un breve silenzio d'angoscia, s'inginocchieranno anch'esse e ora l'una e ora l'altra faranno le invocazioni supreme per il defunto.

LE PRIME (*inginocchiate: alcune, invocando; le altre, solo recitando la preghiera*)
— Sancta Maria,

— Ora pro eo.

— Sancta Virgo Virginum,

— Ora pro eo.

— Mater Christi,

— Ora pro eo.

– Mater Divinæ Gratiæ,

– Ora pro eo.

– Mater purissima,

– Ora pro eo.

LE SECONDE (*in piedi, faranno a questo punto segno alle prime d'interrompere la litania: resteranno per un momento come sospese in un gesto d'angoscia e di sgomento; poi s'inginocchieranno anch'esse*).
UNA Santi di Dio, accorrete in suo soccorso.
UN'ALTRA Angeli del Signore, venite ad accogliere quest'anima.
UNA TERZA Gesù Cristo che l'ha chiamata la riceva.
UNA QUARTA E gli spiriti beati la conducano dal seno d'Abramo al Signore Onnipotente.
LA PRIMA Signore, abbiate pietà di noi.
L'ALTRA Cristo, abbiate pietà di noi.
UNA QUINTA Datele il riposo eterno e fate risplendere su lei la vostra eterna luce.
TUTTE Riposi in pace.

Rimarranno ancora un poco inginocchiate a recitare in silenzio ciascuna una sua particolare preghiera e poi si alzeranno, segnandosi. Dalla camera mortuaria verranno fuori sbigottiti e pieni di compassione e stupore Donna Fiorina Segni e il parroco Don Giorgio Mei. La prima, modesta signora di campagna sui cinquant'anni, porterà un po' goffamente sul vecchio corpo sformato dall'età gli abiti di nuova moda, pur discreti, di cui i figli che abitano in città desiderano che ella vada vestita. (Si sa i figli come sono, quando cominciano a pigliare animo sopra i genitori.) L'altro è un grasso e tardo parroco di campagna che, pur parlando a stento, avrà sempre da aggiungere qualche cosa a quanto gli altri dicono o che lui stesso ha detto; sebbene tante volte non sappia bene che cosa. Se però gli daranno tempo di parlare riposatamente a suo modo, dirà cose assennate e con gar-

bo, perché infine amico delle buone letture è, e non sciocco.

DON GIORGIO (*alle donne, piano*)   Andate, andate pure, figliole, e – e recitate ancora una preghiera in suffragio dell'anima benedetta.

Le donne s'inchineranno prima a lui poi a Donna Fiorina e andranno via per l'uscio di fondo. I due resteranno in silenzio per lungo tratto, l'una come smarrita nel cordoglio per la sorella e l'altro nell'incertezza tra una disapprovazione che vorrebbe fare e un conforto che non sa dare. Donna Fiorina non sosterrà più, a un certo punto, l'immagine che avrà davanti agli occhi della disperazione della sorella e si coprirà il volto con le mani e andrà a buttarsi rovescia sulla panca. Don Giorgio le si appresserà pian piano; la guarderà un poco senza dir nulla, tentennando il capo; poi alzerà le mani come chi si rimetta in Dio. Non abbiano, per carità, i comici timori del silenzio, perché il silenzio parla più delle parole in certi momenti, se essi lo sapranno far parlare. E stia Don Giorgio ancora un po' accanto alla donna buttata sulla panca, e infine dica, come aggiunta al suo pensiero:

E... e non s'è nemmeno inginocchiata...
DONNA FIORINA (*sollevandosi dalla panca, senza scoprire la faccia*)   Finirà di perdere la ragione!

Scoprendo la faccia e voltandosi a guardare Don Giorgio:

Ha visto con che occhi, con che voce ci ha imposto di lasciarla sola?
DON GIORGIO   No, no. Troppo in lei, anzi, mi par forte la ragione e . e il mio timore allora è un altro, mia cara si-

gnora: che le mancherà pur troppo il divino conforto della fede, e –
DONNA FIORINA (*alzandosi, smaniosa*)   Ma che farà sola di là?
DON GIORGIO (*cercando di calmarla*)   Sola non è: ha voluto che rimanesse con lei Elisabetta. Lasci. Elisabetta è saggia, e –
DONNA FIORINA (*brusca*)   Se lei l'avesse udita questa notte!

S'interromperà, vedendo uscire dalla camera mortuaria la vecchia nutrice Elisabetta che si dirigerà verso l'uscio in fondo:

Elisabetta!

E non appena Elisabetta si volterà, le domanderà con ansia, più col gesto che con la voce:

Che fa?
ELISABETTA (*con occhi da insensata e voce opaca senza gesti*)   Niente. Lo guarda.
DONNA FIORINA   E ancora non piange?
ELISABETTA   No. Lo guarda.
DONNA FIORINA (*smaniando*)   Piangesse, Dio! almeno piangesse!
ELISABETTA (*prima appressandosi, sempre con aria da insensata, poi guardando l'una e l'altro confiderà piano*)   E dice sempre che è là!

Farà con la mano un gesto che significa «lontano».

DON GIORGIO   Chi? Lui?
ELISABETTA (*farà segno di sì col capo*).
DON GIORGIO   Là, dove?
ELISABETTA   Parla da sé, sottovoce, movendosi –
DONNA FIORINA   – e non potere far nulla per lei! –

ELISABETTA — così sicura di quello che dice, che è uno spavento starla a sentire.
DONNA FIORINA Ma che altro dice? che altro dice?
ELISABETTA Dice: «È partito; ritornerà».
DONNA FIORINA Ritornerà?
ELISABETTA Così. Sicura.
DON GIORGIO Partito è, ma quanto a ritornare —
ELISABETTA — me l'ha letto negli occhi — e ha ripetuto più forte, fissandomi: — «Ritornerà, ritornerà». — Perché quello che ha lì sotto gli occhi, dice che non è lui.
DON GIORGIO (*sorpreso*) Non è lui?
DONNA FIORINA Diceva così anche stanotte!
ELISABETTA E vuole che sia portato via subito.
DONNA FIORINA (*si coprirà di nuovo la faccia con le mani*)
DON GIORGIO In chiesa?
ELISABETTA Via, dice. E non vuole che si vesta.
DONNA FIORINA (*scoprendo la faccia*) E come, allora?
ELISABETTA Appena le ho detto che bisogna vestirlo —
DON GIORGIO — già; prima che s'indurisca!
ELISABETTA — ha fatto un gesto d'orrore. Vuole ch'io vada a preparare la lavanda. Lavato, avvolto in un lenzuolo, e via. — Così. — Vado a dar subito gli ordini e torno

Andrà via per l'uscio in fondo.

DONNA FIORINA Impazzirà! impazzirà!
DON GIORGIO Mah. Veramente, vestire chi s'è spogliato di tutto... Non vorrà forse per questo.
DONNA FIORINA Sarà per questo; ma io — io mi confondo, ecco — a considerare com'è.
DON GIORGIO Fare diversamente dagli altri. —
DONNA FIORINA — non perché voglia, creda! —
DON GIORGIO — credo; ma — dico il dubbio, almeno — il dubbio che, a sviarsi così dagli altri, dagli usi, ci si possa smarrire, e... e senza neanche trovar più compagni al dolore nostro. Perché, capirà, un'altra madre può non in-

tenderla codesta nudità della morte che lei vuole per il suo figliuolo –
DONNA FIORINA – ma sì, neanch'io!
DON GIORGIO – ecco, vede? – e... e giudicarla male, e...
DONNA FIORINA Sempre così è stata! Sembra che stia ad ascoltare ciò che gli altri le dicono; e tutt'a un tratto spunta fuori – come da lontano – con parole che nessuno s'aspetterebbe. Cose che – che sono vere – che quando le dice lei pare si possano toccare – a ripensarle, un momento dopo, stordiscono perché non verrebbero in mente a nessuno; e fanno quasi paura. Io temo proprio, le giuro che temo di sentirla parlare; non so più nemmeno guardarla. – Che occhi! che occhi!
DON GIORGIO Eh, povera madre!
DONNA FIORINA Vedersi sparire il figlio così, in due giorni!
DON GIORGIO L'unico figlio; tornato da così poco!

Il vecchio giardiniere Giovanni, a questo punto, apparirà sbigottito sulla soglia dell'uscio in fondo e si farà un po' avanti verso l'uscio a destra; starà un po' a guardare da lì il cadavere, con stupore angoscioso; si inginocchierà fin quasi a toccare terra con la fronte e rimarrà così un pezzo, mentre Donna Fiorina e Don Giorgio seguiteranno a parlare.

DONNA FIORINA Dopo averlo aspettato tanti anni, tanti anni: più di sette: le era partito giovinetto –
DON GIORGIO – ricordo: per i suoi studii d'ingegneria: a Liegi, mi pare –
DONNA FIORINA (*lo guarderà e poi tentennando il capo in segno di disapprovazione*) – là, là, dove poi...
DON GIORGIO (*con un sospiro*) So, so. Anzi, mi trattengo perché ho da dirle... –

Alluderà alla madre nell'altra stanza.

Il vecchio giardiniere Giovanni si alzerà segnandosi e andrà via per l'uscio in fondo.

DONNA FIORINA (*aspetterà che il vecchio giardiniere sia uscito, e subito, con ansia, domanderà, alludendo al figlio morto*) Le lasciò, confessandosi, qualche disposizione?
DON GIORGIO (*grave*) Sì.
DONNA FIORINA Per quella donna?
DON GIORGIO (*c. s.*) Sì.
DONNA FIORINA L'avesse sposata, quando la conobbe a Firenze, studente!
DON GIORGIO È una signora francese, è vero?
DONNA FIORINA Sì, ora. Ma di nascita, no; è italiana. Studiava anche lei a Firenze. Poi sposò un francese, un certo signor Maubel che se la portò prima a Liegi, appunto, poi a Nizza.
DON GIORGIO Ah, ecco. E lui la seguì?
DONNA FIORINA Che passione per questa povera madre! Non ritornare, in sette anni, neppure una volta, neppure per pochi giorni a rivederla! E alla fine, ecco: ritornare, per morirle così, in un momento. E non era finita, non era ancora finita la corrispondenza con quella donna. Già lei lo saprà: glie l'avrà confessato.

Lo guarderà e poi domanderà, titubante:

Ha forse disposto per i bambini?
DON GIORGIO (*guardandola a sua volta*) No. Quali?
DONNA FIORINA Non sa che ella ha due figliuoli?
DON GIORGIO Ah, i bambini di lei – sì; me l'ha detto. E mi ha detto che sono stati la salvezza della madre e anche sua.
DONNA FIORINA La salvezza, ha detto?
DON GIORGIO Sì.
DONNA FIORINA Non sono, dunque... non sono di lui?
DON GIORGIO (*subito*) Oh, no, signora! Purtroppo non si può dir puro un amore adultero, anche se contenuto sol-

tanto nel cuore e nella mente; ma è certo che... lui almeno m'ha detto che...

DONNA FIORINA Se glie l'ha detto in punto di morte – Dio mi perdoni: sua madre me l'aveva assicurato, più volte; le confesso che non ho saputo crederci. La passione era tanta che... sì, sospettai perfino che quei due bambini... –

DON GIORGIO No, no.

DONNA FIORINA (*stando in orecchi e facendo segno a Don Giorgio di tacere*) Oh Dio, sente? Parla... parla con lui!

S'appresserà piano all'uscio a destra e starà un po' in ascolto.

DON GIORGIO Lasci. È il dolore. Farnetica.

DONNA FIORINA No. È che le cose, come sono per noi, come noi le pensiamo – questa sventura – chi sa che senso avranno per lei!

DON GIORGIO Lei dovrebbe forzarla a lasciare almeno per qualche tempo questa solitudine qua.

DONNA FIORINA Impossibile! Non tento neppure.

DON GIORGIO Almeno condursela con sé nella sua villa qua accanto!

DONNA FIORINA Volesse! Ma non esce di qua da più di venti anni. Sempre a pensare, sempre a pensare. E a poco a poco s'è così... come alienata da tutto.

DON GIORGIO Eh, accogliere i pensieri che nascono dalla solitudine, è male, è male: vaporano dentro, nebbie di palude...

DONNA FIORINA L'ha ormai dentro di sé la solitudine. Basta guardarle gli occhi per comprendere che non le può più venir da fuori altra vita, una qualsiasi distrazione. S'è chiusa qua in questa villa dove il silenzio, – su, ad attraversare le grandi stanze deserte – fa paura, paura. Pare – non so – che il tempo vi sprofondi. Il rumore delle foglie, quando c'è vento! Ne provo un'angoscia che non le so dire, pensando a lei, qua, sola. Immagino che le debba portar via l'anima, quel vento. Prima però, quando il figlio era lontano, sapevo dove gliela portava; ma ora? ma ora?

Vedendo comparire la sorella sulla soglia dell'uscio a destra:

Ah! Dio, eccola!

Donn'Anna Luna, tutta bianca e come allucinata, avrà negli occhi una luce e sulle labbra una voce così «sue» che la faranno quasi religiosamente sola tra gli altri e le cose che la circondano. Sola e nuova. E questa sua «solitudine» e questa sua «novità» turberanno tanto più, in quanto si esprimeranno con una quasi divina semplicità, pur parlando ella come in un delirio lucido che sarà quasi l'alito tremulo del fuoco interiore che la divora e che si consuma così. S'avvierà all'uscio in fondo senza dir nulla: lì sulla soglia aspetterà un poco: poi, vedendo Elisabetta che ritorna insieme con due fanti che recheranno una conca d'acqua fumante infusa di balsami, dirà con lieve dolente impazienza:

DONN'ANNA   Presto, presto, Elisabetta. E fai come ti ho detto io. Ma presto.

Le due fanti, senza fermarsi, attraverseranno da un uscio all'altro la scena.

ELISABETTA (*scusandosi*)   Ho dovuto dare anche gli altri ordini –
DONN'ANNA (*per troncare le scuse*)   sì, sì –
ELISABETTA (*seguitando*)   – e poi bisognerà che venga ancora il medico a vedere; e dar tempo che –
DONN'ANNA (*c. s.*)   – sì, vai vai. – Oh guarda lì, –

indicherà per terra, presso Elisabetta

– una corona. Sarà caduta a una di quelle donne.

Elisabetta si chinerà a raccattarla, gliela porgerà e s'avvierà per l'uscio a destra. Prima che Elisabetta esca, ella tornerà a raccomandarle:

Come t'ho detto io, Elisabetta.
ELISABETTA Sì, padrona. Non dubiti.

Via.

DONN'ANNA (*guardando l'umile corona*) Pregare – inginocchiare il proprio dolore... – Tenga, don Giorgio

Gli porgerà la corona.

Per me è più difficile. In piedi. SeguirLo qua, attimo per attimo. A un certo punto, quasi manca il respiro; ci s'accascia e si prega: – «Ah, mio Dio, non resisto più; fammi piegare i ginocchi!». – Non vuole. Ci vuole in piedi; vivi, attimo per attimo: qua, qua; senza mai riposo.
DON GIORGIO Ma la vera vita è di là, signora mia!
DONN'ANNA Io so che Dio non può morire in ogni sua creatura che muore. Lei non può neanche dire che la mia creatura è morta: lei mi dice che Dio se l'è ripresa con Sé.
DON GIORGIO Ecco, sì! Appunto!
DONN'ANNA (*con strazio*) Ma io sono qua ancora, don Giorgio!
DON GIORGIO (*subito, a confortarla*) Sì, povera signora mia.
DONNA FIORINA Povera Anna mia, sì.
DONN'ANNA E non sentite che Dio per noi non è di là, finché vuol durare qua, in me, in noi; non per noi soltanto ma anche perché seguitino a vivere tutti quelli che se ne sono andati?
DON GIORGIO A vivere nel nostro ricordo, sì.

DONN'ANNA (*lo guarderà come ferita dalla parola «ricordo» e volterà pian piano la testa quasi per non vedere la sua ferita; andrà a sedere e dirà a se stessa, dolente ma con fredda voce*)   Non posso più né parlare, né sentire parlare.
DONNA FIORINA   Perché, Anna?
DONN'ANNA   Le parole – come le sento proferire dagli altri!
DON GIORGIO   Io ho detto «ricordo».
DONN'ANNA   Sì, don Giorgio; ma è come una morte per me. Se non ho mai, mai vissuto d'altro? Se non ho altra vita che questa – l'unica che possa toccare: precisa, presente – lei mi dice «ricordo», e subito me l'allontana, me la fa mancare.
DON GIORGIO   Come dovrei dire allora?
DONN'ANNA   Che Dio vuole che mi viva ancora, mio figlio! – Così. – Non certo più di quella vita che Egli volle dare a lui qua; ma di quella che gli ho data io, sì, sempre! Questa non gli può finire finché la vita duri a me. – O che non è vero che così si può vivere eterni anche qua, quando con le opere ce ne rendiamo degni? – Eterno; mio figlio, no; ma qua con me, di questo giorno che gli è rimasto a mezzo, e di domani, finché vivo io, mio figlio deve vivere, deve vivere, con tutte le cose della vita, qua, con tutta la mia vita, che è sua, e non gliela può levare nessuno!
DON GIORGIO (*pietosamente, per richiamarla da tanta superbia, come a lui pare, alla ragione, accennerà a Dio, levando una mano*).
DONN'ANNA (*subito, intendendo il gesto*)   No. Dio? Dio non leva la vita!
DON GIORGIO   Ma io dico quella che fu la sua qua.
DONN'ANNA   Perché sapete che c'è di là un povero corpo che non vi vede e non vi sente più! E allora, basta, è vero? È finito. Sì, vestirlo ancora d'uno dei suoi abiti portati di Francia, anche se non serva a ripararlo dal gelo che ha in sé e non gli viene più da fuori.

DON GIORGIO   Ma è pure un rito, signora mia –
DONN'ANNA   – sì, recitare le preghiere, accendere i ceri...
– E fate, sì; ma presto! – Io voglio quella sua stanza là com'era; che stia là viva, viva della vita che io le do, ad attendere il suo ritorno, con tutte le cose com'egli me l'affidò prima che partisse. – Ma lo sa che mio figlio, quello che mi partì, non m'è più ritornato?

Cogliendo uno sguardo di Don Giorgio alla sorella:

Non guardi Fiorina. Anche i suoi figli! Le sono partiti l'anno scorso per la città, Flavio e Lida. Crede che essi ritorneranno?

Donna Fiorina nel sentirle dire così, si metterà a piangere sommessamente.

No, non piangere! Piansi tanto anch'io – allora sì – per quella sua partenza! Senza sapere! Come te che piangi e non ne sai, non ne sai ancora la ragione!
DONNA FIORINA   No, no; io piango per te, Anna!
DONN'ANNA   E non intendi che si dovrebbe piangere sempre, allora? – Oh Fiorina,

le prenderà la testa fra le mani e la guarderà negli occhi amorosamente:

tu, questa? con questa fronte? con questi occhi? Ma ci pensi? Come ti sei ridotta così da quella che eri? Ti vedo viva com'eri, un fiore veramente; e vuoi che non mi sembri un sogno vederti ora così? E a te, di' la verità, se ci pensi, la tua immagine d'allora –
DONNA FIORINA   – eh sì, un sogno, Anna.
DONN'ANNA   Ecco, vedi com'è? Tutto così. Un sogno. E il corpo, se così sotto le mani ti cangia ti cangia – le tue immagini – questa, quella – che sono? Memorie di sogni. Ecco: questa, quella. Tutto.

DONNA FIORINA Memorie di sogni, sì.
DONN'ANNA E allora basta che sia viva la memoria, io dico, e il sogno è vita, ecco! Mio figlio com'io lo vedo: vivo! vivo! – Non quello che è di là. Cercate d'intendermi!
DONNA FIORINA (*quasi tra sé*) Ma è pure quello di là!
DON GIORGIO Dio volesse che fosse un sogno!
DONN'ANNA (*senza più impazienza, dopo essere stata per un momento assorta in sé*) Sette anni ci vogliono – lo so – sette anni di stare a pensare al figlio che non ritorna, e aver sofferto quello che ho sofferto io, per intenderla questa verità che oltrepassa ogni dolore e si fa qua, qua come una luce che non si può più spegnere –

Si stringerà con ambo le mani le tempie

– e dà questa terribile fredda febbre che inaridisce gli occhi e anche il suono della voce; chiara e crudele. (Io quasi mi volto, a sentirmi parlare, come se parlasse un'altra.)
DONNA FIORINA Tu dovresti riposarti un poco, Anna mia.
DONN'ANNA Non posso. Mi vuole viva. – Ma guardi, don Giorgio, guardi se non è tutto vero così come io le dico. Mio figlio, voi credete che mi sia morto ora, è vero? Non mi è morto ora. Io piansi invece, di nascosto, tutte le mie lagrime quando me lo vidi arrivare: – (e per questo ora non ne ho più!) – quando mi vidi ritornare un altro che non aveva nulla, più nulla di mio figlio.
DON GIORGIO Ah, ecco – sì, cambiato – certo! Eh, l'ha detto lei stessa, dianzi, di sua sorella. Ma si sa che la vita ci cambia, e...
DONN'ANNA – e ci pare che possiamo confortarci dicendo così: «cambiato». E cambiato, non vuol dire un altro, da quello che era? Io non lo potei riconoscere più come il figlio che m'era partito. – Lo spiavo, se almeno un volger d'occhi, un cenno di sorriso a fior di labbro, che so... un subito schiarirsi della fronte, di quella sua bella fronte di giovinetto con tanti capelli fini – oh, d'oro nel sole! – mi avesse richiamato vivo, almeno per un momento, in que-

sto che m'era ritornato, il mio figlio d'allora. No, no. Altri occhi; freddi. E una fronte sempre opaca, stretta qua alle tempie. E quasi calvo, quasi calvo. – Ecco, com'è là.

Accennerà alla camera mortuaria.

Ma deve ammettermi che io lo so, mio figlio come era. Una madre guarda il figlio e lo sa com'è: Dio mio, l'ha fatto lei! – Ebbene, la vita può agire così crudelmente verso una madre: le strappa il figlio e glielo cambia. – Un altro; e io non lo sapevo. Morto; e io seguitavo a farlo vivere in me.

DON GIORGIO   Ma per lei dunque, signora; per come era per lei. Non morto per sé, se egli fino a poco fa viveva –

DONN'ANNA   – la sua vita, sì; ah, la sua vita sì, e quella che egli dava a noi, a me! Ben poco ormai, quasi più niente a me. Era tutto là, sempre!

Indicherà lontano.

Ma capisce che cosa orribile m'è toccato patire? Mio figlio – quello che è per me, nella mia memoria, vivo – era rimasto là, presso quella donna; e qua, per me, era tornato questo che – che non potei più sapere neppure come mi vedesse, con quegli occhi cambiati – che non mi poteva dar più niente – che se pur con la mano qualche volta mi toccava, certo non mi sentiva più come prima. – E che posso saperne io, della sua vita, com'era adesso per lui? delle cose, com'egli le vedeva; e quando le toccava, come le sentiva? – Ecco, vede? è così: quello che ci manca, ora, è solo quello che non sappiamo, che non possiamo sapere: la vita com'egli la dava a sé e a noi. Questa sì. Ma allora, Dio mio, si dovrebbe anche intendere che la vera ragione per cui si piange anche davanti alla morte è un'altra da quella che si crede.

DON GIORGIO   Si piange quello che ci viene a mancare.

DONN'ANNA Ecco! La nostra vita in chi muore: quello che non sappiamo!

DON GIORGIO Ma no, signora –

DONN'ANNA – sì, sì: per noi piangiamo; perché chi muore non può più dare – lui, lui – nessuna vita a noi, con quei suoi occhi spenti che non ci vedono più, con quelle sue mani fredde e dure che non ci possono più toccare. E che vuole ch'io pianga, allora, se è per me! – Quando era lontano, io dicevo: – «Se in questo momento mi pensa, io sono viva per lui». – E questo mi sosteneva, mi confortava nella mia solitudine. – Come debbo dire io ora? Debbo dire che io, io, non sono più viva per lui, poiché egli non mi può più pensare! E voi invece volete dire che egli non è più vivo per me. Ma sì che egli è vivo per me, vivo di tutta la vita che io gli ho sempre data: la mia, la mia; non la sua che io non so! Se l'era vissuta lui, la sua, lontano da me, senza che io ne sapessi più nulla. E come per sette anni gliel'ho data senza che lui ci fosse più, non posso forse seguitare a dargliela ancora, allo stesso modo? Che è morto di lui, che non fosse già morto per me? Mi sono accorta bene che la vita non dipende da un corpo che ci sia o non ci sia davanti agli occhi. Può esserci un corpo, starci davanti agli occhi, ed esser morto per quella vita che noi gli davamo. – Quei suoi occhi che si dilatavano di tanto in tanto come per un brio di luce improvviso che glieli faceva ridere limpidi e felici, egli li aveva perduti nella sua vita; ma in me, no: li ha sempre, quegli occhi, e gli ridono subito, limpidi e felici, se io lo chiamo e si volta, vivo! – Vuol dire che io ora non debbo più permettere che s'allontani da me, dov'ha la sua vita; e che altra vita si frapponga tra lui e me: questo sì! – Avrà la mia qua, nei miei occhi che lo vedono, sulle mie labbra che gli parlano; e posso anche fargliela vivere là, dove lui la vuole: non m'importa! senza darne più niente, più niente a me, se non me ne vuol dare: tutta tutta per lui là, la mia vita; se la vivrà lui, e io starò qua ancora ad aspettarne il ritorno, se mai riuscirà a distaccarsi da quella sua disperata passione.

A Don Giorgio:

Lei lo sa.
DON GIORGIO   Sì, me ne parlò.
DONN'ANNA   L'ho supposto, don Giorgio.
DON GIORGIO   E mi disse come voleva che le fosse annunziata la sua morte.
DONN'ANNA (*come se il figlio parlasse per la sua bocca*)   Che l'amore di lui non le mancò mai, fino all'ultimo momento.
DON GIORGIO   Sì. Ma facendoglielo sapere con tutte le debite cautele, scrivendone alla madre di lei, là.
DONN'ANNA (*c. s.*)   Che non le mancherà mai, mai quest'amore!
DON GIORGIO (*stordito*)   Come?
DONN'ANNA (*con la massima naturalezza*)   Se ella saprà tenerselo vivo nel cuore, aspettandone di qua il ritorno, com'io lo aspetto di là. – Se ella lo ama, m'intenderà. E il loro amore, per fortuna, era tale che non aveva bisogno per vivere della presenza del corpo. Si sono amati così. Possono, possono seguitare ad amarsi ancora.
DONNA FIORINA (*costernata*)   Ma che dici, Anna?
DONN'ANNA   Che possono! Nel cuore di lei. Se ella saprà dargli ancora vita col suo amore, come certo in questo momento gliela dà, se lo pensa qua vivo com'io lo penso vivo là.
DON GIORGIO   Ma crede, signora mia, che si possa, così, passar sopra la morte?
DONN'ANNA   No, è vero? «Così» non si deve! La vita, sì, ha messo sempre sui morti una pietra, per passarci sopra. Ma dev'essere la nostra vita, non quella di chi muore. I morti li vogliamo proprio morti, per poterla vivere in pace la nostra vita. E così va bene passar sopra la morte!

DON GIORGIO Ma no. Altro è dimenticare i morti, signora (che non si deve), altro pensarli vivi come lei dice –
DONNA FIORINA – aspettarne il ritorno –
DON GIORGIO – che non può più avvenire!
DONN'ANNA E allora pensarlo morto, è vero? com'è là! –
DON GIORGIO – purtroppo!
DONN'ANNA – ed esser certi che non può più ritornare! Piangere molto, molto; e poi quietarsi a poco a poco –
DONNA FIORINA – consolarsi in qualche modo!
DONN'ANNA E poi, come da lontano, ogni tanto, ricordarsi di lui: – «Era così» – «Diceva questo» – Va bene?
DONNA FIORINA Come tutti hanno sempre fatto, Anna mia!
DONN'ANNA Insomma, ecco, farlo morire, farlo morire anche in noi; non così d'un tratto com'è morto lui là, ma a poco a poco; dimenticandolo; negandogli quella vita che prima gli davamo, perché egli non può più darne nessuna a noi. Si fa così? – Tanto e tanto. Più niente tu a me; più niente io a te. – O al più, considerando che se non me ne dài più è perché proprio non me ne puoi più dare, non avendone più neanche un poco, neanche una briciola per te; ecco, di quella che potrà avanzarne a me, di tanto in tanto, io te ne darò ancora un pochino, ricordandoti – così da lontano. Ah, da lontano lontano, badiamo! per modo che non ti possa più avvenire di ritornare. Dio sa, altrimenti, che spavento! – Questa è la perfetta morte. E la vita, quale anche una madre, se vuol esser saggia, deve seguitare a viverla, quando il figlio le sia morto.

Si ripresenterà a questo punto sulla soglia dell'uscio in fondo Giovanni, il vecchio giardiniere, sbigottito, con una lettera in mano. Vedendo Donn'Anna, si tratterrà d'entrare e farà cenno a Donna Fiorina della lettera, badando di non farsi scorgere. Ma Donn'Anna, vedendo voltare la sorella e Don Giorgio, si volterà anche lei e, notando lo sbigottimento del vecchio, gli domanderà:

DONN'ANNA Giovanni – che cos'è?
GIOVANNI (*nascondendo la lettera*) Niente. Volevo... volevo dire alla signora...
DON GIORGIO (*che avrà scorto la lettera nelle mani del vecchio, domanderà con ansia costernata*) Che sia la lettera ch'egli aspettava?
DONN'ANNA (*a Giovanni*) Hai una lettera?
GIOVANNI (*titubante*) Sì, ma –
DONN'ANNA Da' qua. So che è per lui!

Il vecchio giardiniere porgerà la lettera a Donn'Anna e andrà via.

DON GIORGIO La aspettava con tanta ansia –
DONN'ANNA Sì, da due giorni! – Ne parlò anche a lei? –
DON GIORGIO Sì, per dirmi che lei doveva aprirla, appena fosse arrivata.
DONN'ANNA Aprirla? io?
DON GIORGIO Sì, per scongiurare a tempo, se mai, un pericolo che lo tenne fino all'ultimo angosciato –
DONN'ANNA ah sì, lo so! lo so! –
DON GIORGIO – ch'ella commettesse la follia –
DONN'ANNA – di venire a raggiungerlo qua – lo so! – Se l'aspettava! S'aspettava ch'ella abbandonasse là i figli, il marito, la madre!
DON GIORGIO E a scongiurare questa follia mi disse, anzi, che aveva già cominciato una lettera –
DONN'ANNA – per lei?
DON GIORGIO Sì.
DONN'ANNA Allora è là!

Indicherà la tavola da scrivere.

DON GIORGIO Forse. Ma da distruggere ormai, per seguire invece l'altro suo suggerimento, di scrivere alla madre di lei. Ma veda, veda prima che cosa ella gli scrive.
DONN'ANNA (*aprirà con mani convulse la lettera*) Sì, sì!

DON GIORGIO   M'ero trattenuto per lasciarle detto questo; e la lettera è arrivata.
DONN'ANNA   (*traendola fuori dalla busta*)   Eccola, eccola.
DONNA FIORINA   A lui che non c'è più!
DONN'ANNA   No! È qua! è qua!

E si metterà a leggere la lettera con gli occhi soltanto, esprimendo durante la lettura, con gli atteggiamenti del volto, e il tremore delle mani, e le esclamazioni che a mano a mano le scatteranno dal cuore, la gioja di sentir vivere il figlio nella passione dell'amante lontana:

Sì – sì – gli dice che vuol venire – che viene, che viene!
DON GIORGIO   Bisognerà allora impedirlo –
DONNA FIORINA   – subito!
DONN'ANNA   (*seguitando a leggere senza prestare ascolto*)   Non resiste più! – Finché lo aveva là con lei... –

Poi con scatto improvviso di tenerezza:

Come gli scrive! come gli scrive! –

Seguiterà a leggere, e poi con un altro scatto che sarà grido e riso insieme, quasi lucente di lagrime:

Sì? sì? E allora anche tu potrai!

Poi dolente:

Eh, ma se ne dispera!

E ancora, seguitando a leggere:

Questo tormento, sì –

Breve sospensione: seguiterà a leggere ancora un tratto, poi esclamerà:

Sì, tanto, tanto amore! –

Con altra espressione, poco dopo:

Ah! ah no, no!

Poi, come rispondendo alla lettera:

Ma anche lui, anche lui, qua, sì, sempre per te!

Con uno scatto di gioja:

Lo vede: lo vede! –

Poi, turbandosi improvvisamente:

Ah Dio – ma ne è disperata, disperata. – No! ah, no!

Troncando la lettura e rivolgendosi a Don Giorgio e alla sorella:

Non è possibile, non è possibile farle sapere in questo momento ch'egli non le può più dare il conforto del suo amore, della sua vita!
DON GIORGIO   Suggerì lui stesso per questo –
DONNA FIORINA   – di non farglielo sapere direttamente!
DON GIORGIO   Penserà la madre a –
DONN'ANNA   Impossibile! Ne impazzirebbe o ne morrebbe! – No! No!
DONNA FIORINA   Ma pure, per forza, Anna, bisognerà –
DONN'ANNA   Ma che! Se sentissi com'egli è vivo, vivo qua, in questa disperazione di lei! – Come gli parla, come gli grida il suo amore! – Minaccia d'uccidersi! – Guai se non fosse così vivo per lei in questo momento!
DONNA FIORINA   Ma come, Anna mia? come?
DONN'ANNA   C'è lì la sua lettera cominciata!

Andrà alla tavola da scrivere; aprirà la cartella che vi sta sopra; ne trarrà la lettera del figlio:

Eccola!
DON GIORGIO   E che vorrebbe farne, signora?
DONN'ANNA   Avrà trovato lui le parole, qua vive, per riconfortarla, per trattenerla, per distoglierla da questo proposito disperato di venire!
DON GIORGIO   E vorrebbe mandarle codesta lettera?
DONN'ANNA   Gliela manderò!
DON GIORGIO   No, signora!
DONNA FIORINA   Pensa a quello che fai, Anna!
DONN'ANNA   Vi dico che la sua vita bisogna ancora a lei! – Volete ch'io glielo uccida in questo momento, uccidendo anche lei?
DONNA FIORINA   Ma scriverai alla madre nello stesso tempo?
DONN'ANNA   Scriverò anche alla madre per scongiurarla che glielo lasci vivo! – Lasciatemi, lasciatemi!
DON GIORGIO   La lettera non è nemmeno finita!
DONN'ANNA   Io la finirò! Aveva la mia stessa mano. Scriveva come me! – La finirò io!
DONNA FIORINA   No, Anna!
DON GIORGIO   Non lo faccia, signora!
DONN'ANNA   Lasciatemi sola! – Ha ancora questa mano per scriverle, e le scriverà! le scriverà!

Tela

ATTO SECONDO

La stessa scena del primo atto, verso sera; pochi giorni dopo. Accanto alla finestra, nella parete di sinistra, si vedrà da una parte e dall'altra un vaso da giardino con pianta d'alto fusto vivacemente fiorita. Un terzo vaso consimile, al levarsi della tela, avrà tra le mani Giovanni sulla soglia dell'uscio in fondo, presso la quale si vedranno anche Donna Anna e sua sorella Donna Fiorina.

DONN'ANNA (*a Giovanni, indicandogli il posto per il vaso: lì accanto all'uscio, a destra*) Qua, Giovanni; posalo qua.

Giovanni lo poserà.

Così. E ora via per l'ultimo, che collocherai dall'altra parte. – Se ti pesa, fatti ajutare.
GIOVANNI No, padrona.
DONN'ANNA So, so che non ti pesa, vecchio mio. Vai, vai.

E come Giovanni andrà via, voltando alla sua destra, lei dirà a Fiorina, odorando la pianta:

Senti che buon odore, Fiorina?

E poi, indicando le altre piante presso la finestra:

E come sono belle, qua vive!
DONNA FIORINA Ma tu ti rendi più difficile il cómpito, così, Anna, ci pensi?
DONN'ANNA Follia per follia; lasciami fare! Non ne com-

mettemmo mai nessuna, né io né tu, per noi, nella nostra gioventù!
DONNA FIORINA Ma sei responsabile tu, ora, della sua!
DONN'ANNA No. In tutti i modi, in tutti i modi egli la scongiurò di non commetterla. È voluta venire! L'aveva in mente! Non avrei più fatto a tempo a impedirglielo, scrivendo! È partita!
DONNA FIORINA Ma se tu già avessi scritto alla madre!
DONN'ANNA Non ho potuto! Mi ci son provata, tre giorni, e non ho potuto; per la paura che ancora ho.
DONNA FIORINA Di che?
DONN'ANNA Che possa non essere per lei com'è per me! che «sapendolo», il suo amore debba finire!
DONNA FIORINA Ma dovresti augurartelo, augurarglielo!
DONN'ANNA Non me lo dire, Fiorina! – Gli ha scritto un'altra lettera, sai?
DONNA FIORINA Un'altra lettera?
DONN'ANNA (*con occhi accesi di cupa gioja vorace*) L'ho letta per lui!

E subito a prevenire:

Ma era più amara della prima!
DONNA FIORINA Dio mio, Anna, tu mi spaventi!
DONN'ANNA Una mamma che si spaventa, come se non avesse tenuto vivi in grembo i suoi due figli e non li avesse nutriti di sé, con quella bella fame per due! – O che ti spaventavi allora? – Io ora mangio la vita per lui! – Se lo chiamo, che fai? torni a spaventarti?
DONNA FIORINA (*s'otturerà le orecchie come se la sorella stesse per gridare il nome del figlio*) No, Anna mia! no! no!
DONN'ANNA Temi che possa castigare il tuo spavento, comparendoti per burla di là?

Indicherà la camera del figlio.

Io non ho bisogno di credere alle ombre. So che vive per me. Non sono pazza.

DONNA FIORINA   Lo so! E intanto fai, come se fossi!

DONN'ANNA   Che ne sai tu come faccio? delle ore che passo? Quando, su, abbandono la testa sui guanciali, e lo sento, lo sento anch'io il silenzio e il vuoto di queste stanze, e non mi basta più nessun ricordo per animarlo e riempirlo, perché sono stanca. «So» anch'io, allora! «so» anch'io! e mi invade un raccapriccio spaventoso! L'unico rifugio, l'ultimo conforto allora è in lei, in questa che viene e che ancora non «sa». – Me le rianima e me le riempie lei subito, queste stanze; mi metto tutta negli occhi e nel cuore di lei per vederlo ancora qua, per sentirlo ancora qua, vivo; poiché da me non posso più!

DONNA FIORINA   Ma ora che lei viene –

DONN'ANNA   Tu vuoi farmi pensare prima del tempo a ciò che avverrà! Sei crudele! Non vedi come smanio? Mi par di respirare come chi abbia i minuti contati e tu mi vuoi levare quest'ultimo minuto di respiro!

DONNA FIORINA   Ma perché considero che con questo viaggio lei rischia di compromettersi; ora che tutto è finito.

DONN'ANNA   No. Gliel'ha scritto. Approfitta d'una assenza del marito, andato da Nizza a Parigi per affari.

DONNA FIORINA   E se il marito ritornasse all'improvviso e non la trovasse?

DONN'ANNA   Avrà lasciato alla madre qualche scusa da dare al marito, di questa sua corsa qua di pochi giorni. La madre ha ancora le sue terre a Cortona.

DONNA FIORINA   Ma com'ha potuto pensare, io dico, di venire a trovarlo qua, sotto i tuoi occhi?

DONN'ANNA   Qua? Ma che dici? Qua la condurrò io. Lei gli ha scritto di trovarsi ad aspettarla alla stazione.

DONNA FIORINA   E ci troverà te, invece? E come le dirai?

DONN'ANNA   Le dirò... le dirò, prima, di venire con me. – Non le potrò mica dare la notizia lì alla stazione, davanti a tutti.

DONNA FIORINA Ma come resterà lei, alla tua presenza? Che penserà, non trovando lui?
DONN'ANNA Penserà che non c'è, perché è partito. E che ha mandato me per farglielo sapere. – Ecco: dapprima, le dirò così... – o in qualche altro modo.
DONNA FIORINA Ma poi qua, almeno, le dirai tutto? tutto?
DONN'ANNA Dopo che la avrò persuasa a seguirmi, sì.
DONNA FIORINA E perché allora prepari queste piante?
DONN'ANNA Perché ancora lei non lo saprà, arrivando! È lui! è lui! Non sono io! – Per carità non farmi parlare! – Lei arriva, e ci vogliono queste piante!

Vedendo rientrare Giovanni con l'altro vaso.

Là, Giovanni, come t'ho detto.
GIOVANNI (*dopo aver posato il vaso*) Questa è la più bella di tutte.
DONN'ANNA Abbiamo scelte le più belle, sì. E ora di', di' che tengano pronta la vettura.
GIOVANNI È già pronta, signora. In dieci minuti lei sarà alla stazione.
DONN'ANNA Bene bene. Puoi andare.

Giovanni riandrà via per l'uscio in fondo. Donn'Anna in preda come sarà alla sua crescente impazienza, si farà presso l'uscio a destra a chiamare:

Elisabetta! Non hai ancora finito di preparare?
DONNA FIORINA Ma come? Lì, Anna?
DONN'ANNA No! Non per lei. Per lei ho già fatto preparare su.

E chiamerà più forte, appressandosi all'uscio:

Elisabetta! E perché hai aperto la finestra?

Entrerà Elisabetta di corsa annunziando fin dall'interno:

ELISABETTA   I signorini! i signorini!

A Donna Fiorina:

Sono arrivati i suoi figli, signora!
DONNA FIORINA (*sorpresa, esultante*)   Lida? Flavio?
ELISABETTA   Li ho sentiti gridare nel giardino! Sissignora! Vengono su di corsa!
DONN'ANNA   I tuoi figli...
DONNA FIORINA   Ma come? Un giorno prima? Dovevano arrivare domani!

Si udrà gridare dall'interno: «Mamma! Mamma!».

ELISABETTA   Eccoli! Eccoli!

Irrompono nella stanza Lida, sui diciotto anni, e Flavio, sui venti. Partiti lo scorso anno dalla campagna per i loro studi in città, saranno diventati altri, pure in così poco tempo, da quelli che erano prima che fossero partiti; altri non solo nel modo di pensare e di sentire, ma anche nel corpo, nel suono della voce, nel modo di gestire, di muoversi, di guardare, di sorridere. Essi naturalmente, non lo sapranno. Se ne accorgerà subito la madre, dopo le prime impetuose effusioni d'affetto, e ne resterà sbigottita, per il tragico senso che all'improvviso assumerà ai suoi occhi l'evidenza della prova di quanto la sorella le ha rivelato.

LIDA (*accorrendo alla madre e buttandole le braccia al collo*)   Mammina! Mammina mia bella!

La bacerà.

DONNA FIORINA Lida mia!

La bacerà.

Ma come? – Flavio! Flavio!

Gli tenderà le braccia.

FLAVIO (*abbracciandola*) Mammina!

La bacerà.

DONNA FIORINA Ma come? – Oh Dio, ma come? Voi? Così!
LIDA Siamo riusciti a partire oggi, vedi?
FLAVIO A precipizio! Sbrigando tutto in due ore!
LIDA Ora se ne vanta! Non voleva –
FLAVIO Sfido! Corri di qua! scappa di là! Dalla sarta, dalla modista – Chypre Coty – calze di seta! (che te ne farai poi qua in campagna, non lo so!)
LIDA Vedrai, vedrai, mammina, quante cose belle ho portato, anche per te!
DONNA FIORINA (*che avrà cercato di sorridere, ascoltandoli; ma che pure, avendo notato subito il loro cambiamento, si sarà sentita come raggelare; ora dirà, con gli occhi rivolti alla sorella che si sarà tratta un po' in disparte nell'ombra che comincerà a invadere la stanza*) Sì... Sì, – ma Dio mio... – io non so... – come parlate?

Subito, allora, a Lida e a Flavio, seguendo lo sguardo della madre, sovverrà d'essere in casa della zia: penseranno alla sciagura recente di cui nel primo impeto non si saranno più ricordati e, attribuendo a questa loro dimenticanza lo sbigottimento della madre, si turberanno e si volgeranno confusi e mortificati alla zia.

FLAVIO Ah, la zia – già! –

LIDA Scusaci, zia! Entrando a precipizio –
FLAVIO Non vedevamo la mamma da un anno –
LIDA Il povero Fulvio –
FLAVIO – ne abbiamo avuta tanta pena –
LIDA – per te, zia!
FLAVIO Contavo di trovarlo qua; di passare con lui le vacanze –
LIDA E io di conoscerlo, perché –
FLAVIO – ma dovresti ricordartene! –
LIDA – avevo appena nove anni, quando partì –
FLAVIO Povera zia!
LIDA Scusaci! E anche tu, mamma!
DONN'ANNA No, Flavio; no, Lida. Non è per me; è per voi.
LIDA (*non comprendendo*) Che cosa, per noi?
DONN'ANNA Niente, cari!

Li guarderà un poco, poi li bacerà sulla fronte, prima l'una poi l'altro.

Ben tornati.

S'accosterà alla sorella e le dirà piano con un sorriso per confortarla:

Pensa che almeno, ora, sono più belli. – È bene che io me ne vada.

Andrà per l'uscio in fondo. Gli altri resteranno per un momento in silenzio, come sospesi. L'ombra seguiterà intanto a invadere gradatamente la stanza.

FLAVIO Non abbiamo pensato, entrando –
LIDA Ma che ha voluto dire, «che è per noi»?
DONNA FIORINA (*insorgendo come contro un incubo*) Niente, niente, figli miei! Non è vero! no! no! – Lasciatevi vedere!

ELISABETTA   Come si sono fatti!
DONNA FIORINA (*c. s.*)   Più belli! più belli!
ELISABETTA (*ammirando Lida*)   Altro che! Una signorina di già! Sembra un'altra!
DONNA FIORINA (*con impeto, come a ripararla, riprendendosela*)   No, sono gli stessi! Lida mia! Lida mia!

E subito volgendosi all'altro:

Il mio Flavio!
FLAVIO (*riabbracciandola*)   Mammina! Ma che hai?
DONNA FIORINA   Qua, qua! Lasciatevi vedere bene!

Prenderà fra le mani il viso di Lida.

Non star più a pensare! guardami!
LIDA   Ma com'è morto, mamma? Proprio per –
FLAVIO   – per quella donna?
DONNA FIORINA (*in fretta, urtata*)   No! D'un male che gli è sopravvenuto all'improvviso. – Ve ne parlerò poi. – Ora ditemi, ditemi di voi, piuttosto!
FLAVIO (*a Lida*)   Vedi se è vero? Le tue solite romanticherie, te l'ho detto! Se aveva potuto staccarsene, è segno che tutta questa gran passione, da morirne –
DONNA FIORINA   Ma no, che dite?
FLAVIO   Non fa che leggere romanzi, te n'avverto!
DONNA FIORINA   Tu, Liduccia?
LIDA   Non ci credere, mammina: non è vero!
FLAVIO   Se n'è portati una ventina anche qua, figùrati!
LIDA   Mi fai il piacere di non immischiarti negli affari miei?
DONNA FIORINA   Ma come! Litigate così tra voi?
LIDA   È insoffribile! Non ci badare, mammina!
FLAVIO   Da quale eroina t'è venuto lo «Chypre» si può sapere?
DONNA FIORINA   (*tra sé, angustiata*)   Lo «Chypre» – che sarà?

LIDA Me l'ha suggerito un'amica mia!
FLAVIO La Rosi?
LIDA Ma che Rosi!
FLAVIO La Franchi?
LIDA Ma che Franchi!
FLAVIO Ne cambia una al giorno! Bandieruola!
ELISABETTA Partiti come due pastorelli dalla campagna, Signore Iddio, ora pajono due milordini!
DONNA FIORINA (*tentando ancora di reagire*) Ma certo! La città... Sono cresciuti, e...

A Lida:

Mi dite che cos'è codesto «Chypre»?
FLAVIO Un profumo, mammina: novanta lire la fialetta!
DONNA FIORINA Profumi, una ragazza!
LIDA Mammina, ho diciott'anni!
FLAVIO Tre fialette: ducento settanta lire!
LIDA Hai speso per te, di cravatte, di colletti, di guanti, non so quanto, e hai il coraggio di rinfacciare a me le tre fialette di «Chypre»?
DONNA FIORINA Zitti, per carità, non posso sentirvi fare codesti discorsi!

A Lida, carezzevole:

Ti pettini ora così, – come una grande –
ELISABETTA Partì con la treccina sulle spalle!
DONNA FIORINA (*senza dare ascolto a Elisabetta*) Eh già! Sei più alta di me.

Poi, come smarrita:

Come ti sto sembrando io?
LIDA Bene, mammina! Tanto bene!
DONNA FIORINA E allora perché mi guardi così?
LIDA Come ti guardo?

DONNA FIORINA   Non so... E tu, Flavio...
FLAVIO   Ma sai che sei davvero strana, mammina?

Riderà, guardandola.

DONNA FIORINA   No, non ridere così, ti prego!
FLAVIO   Eh, lo so che qua non dovrei ridere; ma parli, ci guardi in un modo così curioso –
DONNA FIORINA   Io?

Smaniosamente:

S'è fatto bujo qua: vi cerco con gli occhi, perché quasi non vi vedo più.

L'ombra, di fatti, si sarà addensata; e in essa a mano a mano si sarà avvivato sempre più il riverbero del lume acceso nella stanza del figlio morto.

ELISABETTA   Aspetti. Accenderò.
DONNA FIORINA   No. Andiamo via; andiamo via, ragazzi! Andiamocene di qui; è tardi!
LIDA (*nel voltarsi, notando quel riverbero*)   Oh, c'è lume in quella stanza. Chi c'è?
DONNA FIORINA   Se sapeste!
FLAVIO (*piano, restando*)   È morto là?
ELISABETTA (*cupa, dopo un silenzio*)   Qua è, ormai, come se non avessimo più vita noi; e l'avesse lui solo.
FLAVIO   Gli tiene il lume acceso?
LIDA (*che si sarà timorosamente appressata a guardare*)   E la camera intatta?
DONNA FIORINA   Non guardare, Lida!
FLAVIO   Come se dovesse sempre arrivare?
ELISABETTA   No: come se non se ne fosse andato mai, e fosse qua, ancora com'era prima che partisse. Ci penserà lei, dice, a non farlo partire.

Breve pausa; e poi aggiungerà cupamente:

Perché i figli che partono, muojono per la madre. Non sono più quelli!

Nel bujo e nel silenzio d'incubo sopravvenuto, Donna Fiorina romperà in un pianto sommesso.

FLAVIO (*dopo che il pianto della madre avrà fatto per un momento sussultare quel silenzio di morte, dirà alieno, attribuendo quel pianto al dolore per la sorella*) Povera zia; ma guarda!
LIDA È come una follia?
ELISABETTA Ne parla così, che quasi lo fa vedere. Io mi guardo dietro, quando sono qua sola, come se debba vederlo uscire da questa camera e andare per quell'uscio in giardino o di qua alla finestra. Vivo in un tremore continuo. Mi fa badare alla sua stanza; rifare il letto; ecco – là – le coperte rimboccate: ogni sera così, e tutto preparato, come se dovesse andare a dormire.
DONNA FIORINA (*piano, come una mendica, a Lida che le si sarà stretta accanto istintivamente, impaurita dalle parole d'Elisabetta*) Liduccia mia! Liduccia! Tu mi vuoi bene ancora?
LIDA (*tutta intenta a Elisabetta, senza badare alla madre*) Seguita dunque a –
ELISABETTA – a farlo vivere!
DONNA FIORINA (*non potendone più, come se il cuore le scoppiasse*) Flavio! Figli miei! Andiamocene, andiamocene, per carità!
ELISABETTA Aspetti, signora. Le faccio lume: è tutto al bujo ancora di là.
DONNA FIORINA Sì, grazie, Elisabetta. Andiamo, andiamo via!

Elisabetta uscirà prima; poi usciranno Donna Fiorina, Lida, Flavio.

*La scena resterà vuota e buja; con quel solo riverbero spettrale che s'allungherà dall'uscio a destra.
Dopo una lunga pausa, senza il minimo rumore, la scranna accostata davanti alla tavola da scrivere si scosterà lentamente come se una mano invisibile la girasse. Dopo un'altra pausa, più breve, la lieve cortina davanti alla finestra si solleverà un poco da una parte, come scostata dalla stessa mano; e ricadrà. (Chi sa che cose avvengono, non viste da nessuno, nell'ombra delle stanze deserte dove qualcuno è morto.)
Rientrerà, poco dopo, Elisabetta, e subito darà luce alla stanza. Istintivamente riaccosterà la scranna alla tavola, senza il minimo sospetto che qualcuno l'abbia smossa; poi, per sottrarsi alla vista degli oggetti della stanza, si recherà alla finestra; scosterà anche lei con lo mano la lieve cortina; poi aprirà la vetrata e guarderà nel giardino.*

ELISABETTA (*dalla finestra*) Chi è là? –

Pausa.

Oh – Giovanni – sei tu? –

Pausa.

Giovanni?
LA VOCE DI GIOVANNI (*dal giardino, allegra*) La vedi?
ELISABETTA No, che cosa?
LA VOCE DI GIOVANNI Là, ancora tra gli olivi della collina.
ELISABETTA Ah, sì – la vedo. E tu stai lì a guardare la luna?
LA VOCE DI GIOVANNI Voglio vedere se è vero quello che mi disse.
ELISABETTA Chi?
LA VOCE DI GIOVANNI Chi! Chi ora non la vede più.
ELISABETTA Ah, lui?

LA VOCE DI GIOVANNI Da costà; ove sei tu.
ELISABETTA Non mi far paura: ne ho tanta!
LA VOCE DI GIOVANNI La sera dopo che arrivò.
ELISABETTA Ti disse della luna? E che ti disse?
LA VOCE DI GIOVANNI Che più va su, e più si perde.
ELISABETTA La luna?
LA VOCE DI GIOVANNI Tu guardi in terra – mi disse – e ne vedi il lume là sulla collina, qua sulle piante; ma se alzi il capo e guardi lei, più alta è, e più la vedi come lontana dalla nostra notte.
ELISABETTA Lontana? Perché?
LA VOCE DI GIOVANNI Perché notte è qua per noi, ma la luna non la vede, perduta lassù nella sua luce, intendi? – A che pensava, eh? guardando la luna. – Sento i sonaglioli della vettura.
ELISABETTA Corri, corri ad aprire il cancello.

Elisabetta richiuderà in fretta la finestra e si ritirerà per l'uscio in fondo.
Poco dopo, da quest'uscio, entreranno Lucia Maubel e Donn'Anna. Avranno avuto durante il tragitto dalla stazione alla villa le prime spiegazioni prevedute già nella prima scena da Donna Fiorina. La giovane ne sarà rimasta offesa, mortificata e turbatissima.

DONN'ANNA (*ansiosa, introducendola*) Vieni, vieni. Sono le sue stanze. E se entri là, ne avrai la prova: li vedrai da per tutto, con gli ultimi fiori lasciati jeri davanti a tutti i tuoi ritratti.
LUCIA (*amabile, ironicamente*) I fiori, e poi se n'è fuggito?
DONN'ANNA Torni a rimproverarlo? Se sapessi a che costo non è qua –
LUCIA Vengo, e non si fa trovare. Lei dice che l'ha fatto per me?
DONN'ANNA – contro il suo cuore –
LUCIA – per prudenza? – e non le sembra che sia ben più

che un rimprovero, un'offesa per me, tanta prudenza – un insulto –
DONN'ANNA (*dolente*) – no – no –
LUCIA – oh Dio, così crudo, che si può pensare abbia voluto usarla per sé – non per me – la prudenza.
DONN'ANNA No, per te! per te! –
LUCIA Ma io non sono morta! Io sono qua!
DONN'ANNA Morta? Che dici?
LUCIA Eh sì, mi scusi; se al mio arrivo se n'è fuggito e ha lasciato i fiori là davanti ai miei ritratti, che vuol dire? che vuol essere come per una morta il suo amore? – E io che ho lasciato là tutta l'altra mia vita, per correre qua a lui! – Oh! oh! è orribile, orribile quello che ha fatto!

Si nasconderà il volto tra le mani, fremendo di vergogna e di sdegno.

DONN'ANNA (*quasi tra sé, guardando nel vuoto*) Non l'avrebbe fatto... È certo che non l'avrebbe fatto...
LUCIA (*si volterà di scatto a guardarla*) C'è dunque una ragione per cui l'ha fatto?
DONN'ANNA (*quasi senza voce*) Sì.

E sorriderà squallidamente.

LUCIA Che ragione? Mi dica!
DONN'ANNA Mi permetti di chiamarti Lucia?
LUCIA Mi chiami Lucia, sì. Anzi, gliene sono grata!
DONN'ANNA E di dirti che egli non intese offenderti se, dovendo partire –
LUCIA – ma mi dica perché? la ragione! –
DONN'ANNA Ecco: te la dirò – ma prima questo: che non intese offenderti, affidandoti a me –
LUCIA – no! ah, mi comprenda! – io... – io so che –
DONN'ANNA – che lui mi confidò sempre tutto – come vi siete amati –
LUCIA (*infoscandosi*) Tutto?

DONN'ANNA Poteva confidarmelo, perché –
LUCIA (*come colta da un brivido si nasconderà di nuovo la faccia e, spasimando, negherà col capo*).
DONN'ANNA (*guardandola, allibita*) No?
LUCIA (*più col gesto del capo che con la voce, la quale sarà pianto prossimo a prorompere*) No – no –
DONN'ANNA (*c. s.*) Come? – Allora...
LUCIA (*prorompendo*) Mi perdoni! mi perdoni! Sia madre anche per me! – Io sono qua per questo!
DONN'ANNA Ma allora, egli –
LUCIA – partì di là per questo!
DONN'ANNA Ma lo forzasti tu a partire?
LUCIA Io, sì! Dopo! dopo! – All'ultimo, a tradimento, quest'amore, durato puro tant'anni, ci vinse!
DONN'ANNA Ah, per questo –?
LUCIA Sconvolta, atterrita, lo spinsi a partire. – Non avrei più potuto guardare i miei bambini. – Ma fu inutile, inutile. – Non potei più guardarli. Mi son sentita morire.

La guarderà con occhi atroci.

Comprende perché? – Ne ho un altro!

E si nasconderà la faccia.

DONN'ANNA Suo?
LUCIA Sono qua per questo.
DONN'ANNA Suo? Suo?
LUCIA Egli ancora non lo sa! Bisogna che lo sappia! – Mi dica dov'è!
DONN'ANNA Oh figlia mia! figlia mia! – Egli vive allora in te veramente? – Partendo, lasciò in te una vita – sua?
LUCIA Sì, sì – bisogna che lo sappia subito! Dov'è? Me lo dica! Dov'è?
DONN'ANNA E come faccio ora a dirtelo? Oh Dio! oh Dio! Come faccio ora a dirtelo?
LUCIA Perché? Non lo sa?

DONN'ANNA Partito –
LUCIA – non le disse dove andava?
DONN'ANNA Non me lo disse.
LUCIA Ha sospettato – lo vedo – che solo per...

troncherà con un'esclamazione di sdegno.

Ma non aveva ragione di sospettar questo di me! – Sono stata anch'io, sì; com'è stato lui; ma io lo spinsi poi a partire, e non sarei venuta, ora, per questo! – È che non posso più ora, staccarmi da lui; tornare là – come sono – non posso – ne ho orrore!
DONN'ANNA Sì, sì, è giusto!
LUCIA Non mi può dire proprio dov'è? Non lo sa davvero? Come gli si può far sapere?
DONN'ANNA Aspetta, aspetta: gli si farà sapere, sì –
LUCIA – e come? dove, se lei non sa dov'è? Non sarà mica partito per un lungo viaggio, senza dirglielo, senz'avvertirmene!
DONN'ANNA No, no – non sarà lontano – non può essere lontano...
LUCIA Temette che anche a lasciarlo detto a lei, dove andava... – Ma forse glielo consigliò anche lei di partire? –
DONN'ANNA Io non sapevo –
LUCIA (*si premerà una mano sugli occhi*) Divento così sospettosa! Oh com'è triste! – Lo so: avrei dovuto scrivergliolo. Ma non volli disperdere in parole le forze che mi bisognavano tutte per la risoluzione già presa. – Gli è parsa una follia, una frenesia –
DONN'ANNA (*per calmarla*) – ecco, ecco –
LUCIA – ed è fuggito per farmi trovare qua in lei la ragione che avevo perduta. – Capisco, capisco. –

Staccando.

Tornerà? le scriverà? farà sapere dov'è? –

DONN'ANNA   Sì sì, certo – calmati – siedi, siedi qua accanto a me – e lasciati chiamare figlia –
LUCIA   – Sì, sì –
DONN'ANNA   – Lucia –
LUCIA   – sì –
DONN'ANNA   Figlia mia! –
LUCIA   – sì, mamma! mamma! – Ora sento che è meglio così; ch'io abbia trovato lei qua, prima, e non lui –
DONN'ANNA   – figlia mia bella – bella! – questi occhi – questa fronte – quest'odore dei tuoi capelli – comprendo, comprendo! – Ah, egli doveva – ma fin da prima, fin da prima doveva farti sua! Questa gioja me la doveva dare, d'avere in te un'altra mia figlia, così! – così! –
LUCIA   – senza tutto il male – oh Dio, il male che abbiamo fatto!
DONN'ANNA   Ora non ci pensare! – Quelli che non ne hanno fatto, figlia, chi sa di quanto male sono stati cagione agli altri, a quelli che lo fanno, e che forse saranno i soli ad averne poi bene. Tu più di me.
LUCIA   Ho tagliata in due la mia vita – io –
DONN'ANNA   – ne hai una in te –
LUCIA   – ma quegli altri, là? – Son dovuta fuggire qua, con questa, che ancora è nulla e che pure subito è diventata tutto – tutto l'amore precipitato d'un tratto così, diventato d'un tratto ciò che non doveva mai diventare!
DONN'ANNA   La vita!
LUCIA   Ah quello che ho patito, lei non lo sa, non lo potrà mai immaginare! – Il letto, Dio mio, dove si riposa, diventato un orrore! – Certi patti con me stessa... – Sa, sa il bruciore di certi tagli? – Così! Là, a tenermi coi denti finché potevo, per impedirmi che il corpo finisse d'appartenermi e cedesse! E ogni qual volta scattavo da quell'orribile incubo dove per un attimo, cieca, era stata costretta a mancarmi – ah – liberata – potevo essere di lui, pura, per il martirio subìto – senza rimorsi. – Non dovevamo cedere anche noi! Il patto poteva valere soltanto

così. – Perché, anche quegli altri là – che crede? (lei è madre, e con lei posso parlare) –
DONN'ANNA – sì, parla, parla –
LUCIA – quegli altri là (è vero) non erano amore che si fosse fatto carne; – erano di quello, carne – ma l'amore che ci avevo messo io, l'amore che avevo dato io anche a quegli altri – io, io così col cuore pieno di lui – li aveva fatti, anche quelli, quasi di lui. L'amore è uno! – E ora... ora questo non è più possibile! – Di due io non posso essere. Piuttosto m'uccido.
DONN'ANNA Non solo per te, ma anche per non dare a quell'altro «questo» che è tuo solamente e di lui – non puoi –
LUCIA – è vero? è vero? –
DONN'ANNA Non devi!

E smarrendosi un poco.

Io lo domando a te –
LUCIA – l'ha detto lei! –
DONN'ANNA – sì – per sapere se hai pensato anche a questo! –
LUCIA (*dopo una breve pausa, ripigliandosi e infoscandosi*) La violenza che ho fatto a me stessa per tanti anni – quei due bambini che mi sono nati ad onta di questa violenza –

Resterà improvvisamente in tronco.

DONN'ANNA Che vuoi dire?
LUCIA Nulla, nulla contro di loro! Ah, ma contro quell'uomo – è un così intimo e oscuro sentimento d'odio, che non lo so dire. – Sento che io sono stata madre due volte così, senza la mia minima partecipazione, per opera d'un estraneo a me – e badi, nella mia carne viva e con tutto lo strazio dell'anima – mentre lui – oh, lui non lo saprebbe nemmeno!

DONN'ANNA Ma lo sai tu!
LUCIA Sì, e allora per rispetto a me, non per rispetto a lui! Avrebbe reso da me un male assai minore di quello che mi ha fatto.
DONN'ANNA Non lo conosco: non posso giudicare.
LUCIA Solo perché moglie m'ha reso madre, per potersene poi andare spensierato con altre donne – tante! – cinico e sprezzante; solo attento agli affari; e poi, levato di lì, fatuo, frigido – guarda la vita per riderne, e le donne per prenderle, e gli uomini per ingannarli. – Ho potuto resistere a stare ancora con lui, solo perché avevo chi mi teneva su, chi mi dava aria da respirare fuori di quella bruttura. – Non dovevamo bruttarci anche noi! Le giuro, le giuro che non è stata una gioja – e la prova (è orribile dirlo, ma per me è così) – la prova è in questa mia nuova maternità.
DONN'ANNA No, Dio! che dici?
LUCIA Sono venuta qua, perché mi faccia lui, se può, sentire che non è vero! Avevo fatto di tutto là, tre anni, per non essere più madre. Lo credo, lo credo anch'io che dev'essere una gioja; e non voglio altro, le giuro che non voglio altro che questo: che veramente diventi ora per me questa gioja che non ho provata mai!
DONN'ANNA Ma devi averla tu nel cuore, figlia mia! Se non l'hai tu, chi te la può dare?
LUCIA Lui! Lui!
DONN'ANNA Sì, lui; ma per come tu hai nel cuore anche lui! Solo così. È sempre così. Non cercare nulla che non ti venga da te.
LUCIA Che vuole che mi venga da me in questo momento! Sono così smarrita – sospesa. – Questo tradimento di non farsi trovare... – Ho bisogno di lui, di vederlo, di parlargli, di sentirne la voce! – Dov'è? dove sarà? come si farà a saperlo? – Finché non lo saprò, io non avrò requie! – Possibile che lei non supponga nemmeno dove se ne sia potuto andare?

DONN'ANNA Non lo so, figlia. – Ma bisogna che tu te la dia, ora, un po' di pace –
LUCIA – non posso! –
DONN'ANNA – tremi tutta – sarai così stanca! – Il lungo viaggio!
LUCIA Mi rombano le orecchie – la testa mi vaneggia –
DONN'ANNA – vedi, dunque?
LUCIA – tanta ansia, tanta ansia –
DONN'ANNA – bisogna che tu vada a riposare –
LUCIA – e poi non trovarlo! – Credo di aver la febbre. –
DONN'ANNA – hai bisogno di riposo. – Vedremo domani come si deve fare.
LUCIA Impazzirò stanotte!
DONN'ANNA No – guarda – t'insegnerò io a non impazzire – come si fa quando uno è lontano – come feci io tanto tempo, finché egli fu con te, là: – me lo sentii vicino, perché io col cuore me lo facevo vicino. – Altro che vicino! Lo avevo io nel cuore! – Fai così, e questa notte passerà. – Pensa che queste sono le sue stanze; e che egli è di là –
LUCIA Dorme di là?
DONN'ANNA Là, sì – E che su questa tavola ti scrive –
LUCIA Cose cattive m'ha scritto! –
DONN'ANNA E qua, vedi? su questa panca qua, fino a jeri, m'ha parlato tanto, tanto di te –
LUCIA – e poi se n'è partito –
DONN'ANNA – non sapeva! – Quante cose mi disse, perché io ti facessi intendere senza offenderti e senza farti soffrire il male di questo suo allontanamento per il tuo bene.
LUCIA Ma ora –
DONN'ANNA – ah ora – certo – cambia tutto – con te così! –
LUCIA – e ritornerà! –
DONN'ANNA – e ritornerà, stai tranquilla – ritornerà. Ma ora vieni, vieni su, con me. – Ti ho preparato su la stanza.
LUCIA Voglio vedere la sua.

DONN'ANNA Sì, sì, vieni – entra.
LUCIA E non mi vorrebbe lasciare qua?
DONN'ANNA Vuoi – qua da lui?
LUCIA Ora posso. – E pure con me.
DONN'ANNA Vedi, vedi che tu già lo senti? – Sì, se tu vuoi, dormi qua, figlia mia.
LUCIA (*entrando*) Forse è meglio: «più vicino»!
DONN'ANNA – nel tuo cuore, sì! nel tuo cuore!

La seguirà.
La scena resterà per un momento vuota. Si sentiranno in confuso le due voci parlare di là, ma non tristi, anzi gaje; e Lucia fors'anche riderà, come per una sorpresa. Poi Donn'Anna verrà fuori, ma rivolta verso l'interno, a parlare con la giovine che l'accompagnerà fino alla soglia.

LUCIA (*dalla soglia, lieta*) – sì, con questa bella luna!
DONN'ANNA Buona notte, cara. A domani. Chiudo l'uscio.
LUCIA (*ritirandosi*) Buona notte.
DONN'ANNA (*sola, richiuso l'uscio, resterà lì davanti come esausta per un istante; ma poi splenderà nel viso d'un ilare divino spasimo, e più con gli occhi che con le labbra dirà:*) Vive!

Tela

ATTO TERZO

La stessa scena, la mattina dopo, nelle prime ore.

Poco dopo levata la tela, apparirà sulla soglia dell'uscio in fondo Giovanni che darà passo alla signora Francesca Noretti arrivata or ora dalla stazione in un'ansia angosciosa e spaventata.

GIOVANNI   Entri, entri, signora.
FRANCESCA   Ma possibile che dorma?
GIOVANNI   Sarà ancora stanca del viaggio. Sono appena le sette, del resto.
FRANCESCA   E dove dorme? Non lo sapete?
GIOVANNI   Jeri Elisabetta le preparava la stanza al piano di sopra.
FRANCESCA   Non potete condurmi da lei?
GIOVANNI   Io su non salgo, signora. Ma ho fatto avvertire Elisabetta. E la padrona è già levata. L'ho vista quando ha aperto la finestra all'alba.
FRANCESCA   Ma possibile che ancora non lo sappia? – È arrivata jeri sera?
GIOVANNI   Sissignora, jersera. La padrona è andata a prenderla alla stazione.
FRANCESCA   E voi l'avete vista arrivare? – Piangeva?
GIOVANNI   Nossignora: non m'è parso.
FRANCESCA   Che non gliel'abbiano ancora detto? – Se può dormire... –
GIOVANNI   Probabile, signora, perché – guardi queste piante: le ho portate io qua jeri... – È come se non fosse morto per la padrona. – Non s'è mica vestita di nero.

FRANCESCA E per questo non ne ha fatto sapere niente a nessuno? – È morto da undici giorni?
GIOVANNI Come stamattina.
FRANCESCA E l'ho saputo ora alla stazione, arrivando – come ho domandato di lui – dove stava –
GIOVANNI Ecco la padrona.

Entrerà di fretta Donn'Anna. E Giovanni uscirà.

DONN'ANNA Piano, piano per carità! – Lei è la mamma?
FRANCESCA Può immaginarsi in quale stato, signora! – Ho viaggiato come una disperata – Dov'è? dov'è? – Ancora non lo sa?
DONN'ANNA Piano, piano – non lo sa!
FRANCESCA Mi conduca da lei! La sveglierò io! glielo dirò io!
DONN'ANNA No, signora, per carità!
FRANCESCA Ma come? lei, – non avvertire nessuno, nemmeno me, della sciagura, per non farle commettere questa pazzia!
DONN'ANNA Non l'ha commessa per lui – no! – creda.
FRANCESCA Come non l'ha commessa per lui?
DONN'ANNA No, no. Le dirò –
FRANCESCA Io voglio vederla subito!
DONN'ANNA Ma giacché sa, ormai, non abbia più timore, né tutta quest'ansia, signora.
FRANCESCA – come vuole che non l'abbia? io...
DONN'ANNA – si calmi – mi lasci dire. –
FRANCESCA – l'avrò finché non me la sarò riportata via! – Mi sono precipitata appena letto il biglietto che mi lasciò, là, per raccomandarmi i bambini. Ha due figli – lo sa lei? Ah Dio, come non sono morta, non lo so!
DONN'ANNA Piano – venga con me, la prego: – ella dorme di là!
FRANCESCA Ah, di là? Io vado subito.

Farà per lanciarsi verso l'uscio a destra.

DONN'ANNA (*parandosi di fronte a lei*)   No, signora! Lei non sa il male che le farebbe!

Dirà con tal tono questo ammonimento, che l'altra madre ne resterà, per un istante, sgomenta e come smarrita.

FRANCESCA   Perché?
DONN'ANNA (*subito, recisa*)   Perché non sa quello che io so! Il caso è molto più grave di quanto lei s'immagina!
FRANCESCA   Più grave?

La guarderà spaventata.

DONN'ANNA   Sì! Me l'ha confessato lei stessa, arrivando!
FRANCESCA   – Che – che con lui?
DONN'ANNA   – Sì – e ch'egli non è così morto, come a lei pare –
FRANCESCA (*balbettando, allibita*)   – che vuol dire?
DONN'ANNA   – se vive ora in lei, come l'amore d'un uomo può vivere, diventar vita in una donna – quando la fa madre – ha capito?
FRANCESCA (*raccapricciando*)   Suo figlio? – Oh Dio! e come? – ma dunque – per questo? –
DONN'ANNA   È arrivata in tale stato di disperazione, che non m'è stato ancora possibile «*dirglielo*». Le ho detto che era partito – per lei, per prudenza – per non comprometterla – e già è bastato questo, perché si vedesse, si sentisse morta –
FRANCESCA   – lei? –
DONN'ANNA   – lei, sì certo – nel cuore di lui! – Com'è possibile, le domando io ora, farglielo morire?
FRANCESCA   Ma prima, prima ch'ella si comprometteesse venendo qua, lei avrebbe dovuto annunziare a me che era morto!
DONN'ANNA   Signora, ringrazi il cielo che non ho questo rimorso! Credevo d'averlo; di dovermelo fare; ma ho po-

tuto vedere che fui invece ispirata da Dio nel mandare alla sua figliuola la lettera lasciata da lui, terminata da me.

FRANCESCA (*inorridita*) Ma come, dopo? – dopo che era morto? –

DONN'ANNA Per lei non è «dopo»! – È stata una fortuna, le dico! Ispirazione di Dio! – Senza che ne sapessimo nulla né io né lei, nell'animo in cui si trovava là – se lui le fosse mancato – si sarebbe uccisa – creda!

FRANCESCA Ma lei, Dio mio, lei vuole tenere ancora la mia figliuola legata a un cadavere?

DONN'ANNA Che cadavere! La morte per lei è là, presso l'uomo a cui lei l'ha legata: quello, è un cadavere! – Io ho cominciato invece fin da jersera, mi sono provata fin da jersera a farle intendere –

FRANCESCA – che ha gli altri suoi figli – là –

DONN'ANNA – ma questo lo sa! Me n'ha parlato lei stessa con tanto strazio! Cose – m'ha detto – che fanno rabbrividire –

FRANCESCA – dei figli?

DONN'ANNA – sì: che se l'è fatti suoi, dopo – dopo che le erano nati – estranei! – Se li è potuti far suoi con l'amore di mio figlio, intende? Hanno avuto bisogno dell'amore di lui, anche quelli, perché diventassero vita per lei. – Eppure, ha visto? ha potuto lasciarli per venirsene qua.

FRANCESCA Ma se ora saprà che lui, qua, non c'è più –

DONN'ANNA E invece dev'esserci, se lei se la vuole riportare – là, al suo martirio – dev'esserci! E lei deve farle intendere, come mi sono provata io, in qual modo egli dev'essere vivo per lei d'ora in poi – solo nel cuore – senza cercarlo più fuori – con la vita che lei gli darà. – Questo. – Ma prima promettergli che lo vedrà... – Ha capito?

FRANCESCA (*sbalordita*) Che lo vedrà?

DONN'ANNA Non qua! – «Qua» le diremo «lui non ritornerà, se non saprà che tu sei partita. Lo vedrai tra poco; perché egli ritornerà a te, là.» – Ecco, le dica così e forse riuscirà a riportarsela. – Pensi che è lì che lo aspetta – ha

voluto dormire nel suo letto – forse lo sogna – appena si sveglierà, lo penserà vivo e che starà per ritornare.
FRANCESCA (*che sarà stata a mirarla, atterrita, col ribrezzo più vivo, che a poco a poco si sarà sciolto in un'infinita pietà*)   Oh Dio, signora, ma questa... questa è una follia...

Si aprirà a questo punto l'uscio a destra e apparirà Lucia, la quale, scorgendo la madre in quell'atteggiamento, dopo la prima sorpresa si turberà, guardando l'altra madre e intuendo in un baleno la sciagura.

LUCIA   Oh, mamma, tu?

Farà per accorrere a lei, ma si fermerà, guardando prima l'una e poi l'altra:

Che cos'è?
FRANCESCA (*tremando, senza alcuna ansia; con tono che ajuterà la figlia a intendere*)   Figlia mia... figlia mia...
LUCIA (*c. s.*)   Ma com'è? – Che dicevate?
DONN'ANNA (*per riparare*)   Niente. Vedi? è venuta – è venuta a cercare di te –
LUCIA   Non è vero! Com'è che tu, mamma, non mi dici nulla? – Che cos'è?...

Gridando:

Dimmelo!
FRANCESCA (*accorrendo a lei per abbracciarla*)   Figlia mia!
LUCIA   È morto? è morto?

Respingendo l'abbraccio della madre, per volgersi a Donn'Anna.

No! – Morto? – E come? lei – No! Non è possibile! Oh Dio,

con le mani tra i capelli:

Il sogno che ho fatto!

Smarrendosi e guardandosi attorno:

Morto? – Ditemelo! Ditemelo!
FRANCESCA   Sono già tanti giorni, figlia –
LUCIA   Tanti giorni?

A Donn'Anna:

– che è morto? – E lei – come? – perché non me l'ha detto? Com'è morto? come? – Ah Dio, là dove ho dormito? E mi ha fatto dormire là?

Donn'Anna è interita, come un'immagine sepolcrale.

– L'ho voluto io; ma lei... – come? – «I fiori» – «è partito» – «queste sono le sue stanze» – «non so dov'è» – E io l'ho sognato, che non poteva più ritornare, tanto lontano se n'era andato; – lo vedevo, così lontano, con un viso da morto – il suo viso! il suo viso! – Ah Dio! ah Dio! –

E romperà in pianto, perdutamente.

Per non farmi più pensare che se non l'avevo trovato qua ad aspettarmi, come doveva – eh sì, questo soltanto doveva essere accaduto, che fosse morto! E non l'ho compreso, perché lei –

Si rizzerà dal pianto, lo stupore vincendo ora il dolore:

– ma come ha fatto? com'ha potuto fare? – per me? – ed egli è morto anche a lei – è incredibile! – me n'ha parlato come se fosse vivo!
DONN'ANNA (*guardando lontano*)   Lo vedo –

LUCIA (*stordita*) – che è morto? – e non le è morto qua sotto gli occhi? –
DONN'ANNA – no: ora –
LUCIA – come, ora? –
DONN'ANNA – ora lo vedo morire.
LUCIA Come? Che dice?

Donn'Anna si coprirà il volto con le mani. E allora ella griderà:

Io lo sapevo, lo sapevo che sarebbe morto! Non avevo voluto crederci! Me lo disse lui stesso, quando partì, che sarebbe venuto qua a morire!
DONN'ANNA (*scoprendo il volto*) E io non lo vidi.
LUCIA Lo vidi io! Moriva, moriva, da anni; gli s'erano spenti gli occhi; era già come morto quando partì! Così pallido lo vidi, così pallido, così misero lo vidi, che lo compresi subito che sarebbe morto!
DONN'ANNA Misero, sì – gli occhi spenti, sì – e diventato così – cangiato, cangiato così – ora lo vedo – per te, sì, figlia!

Attirandola a sé, come per uno spaventoso brivido, che di schianto la spetrerà:

Oh figlia! – qua su la tua carne – ora sì – me lo vedo morire – ne sento il freddo ora qua, qua al caldo di queste tue lagrime! – Tu me lo fai vedere, come s'era ridotto ora! Non lo vedevo! Non avevo potuto piangerlo, perché non lo vedevo! – Ora lo vedo! ora lo vedo!
LUCIA (*che si sarà a poco a poco sciolta da lei, e rattratta, come raccapricciata, presso la madre*) Oh Dio, che dice? che dice?
DONN'ANNA (*sola*) Figlio mio! – le tue carni! – te ne sei andato così – misero, misero! E io... io t'imbalsamavo – vivo! – vivo t'imbalsamavo – come non eri più, come non potevi più essere – con quei tuoi capelli e quegli occhi

che avevi perduti, che non ti potevano più ridere! E perché non ti potevano più ridere, non te li ho riconosciuti!
– E come, allora? Fuori della tua vita ti volevo far vivere? fuori della vita che t'aveva consumato – povera, povera carne mia che non ho vista più! che non vedrò più! – Dove sei?

Si volgerà a cercare intorno:

– dove sei?
LUCIA (*accorrendo*)   Qua, mamma!
DONN'ANNA (*restando un attimo*)   – Tu?

Poi con un grido:

– Ah, sì!

L'abbraccerà freneticamente:

– Non te lo portar via! Non te n'andare! non te n'andare!
LUCIA   No, non me n'andrò! non me n'andrò, mamma! non me n'andrò!
FRANCESCA   Come non te n'andrai? Che dici? Tu te ne verrai via, subito, con me!
DONN'ANNA   No! Me la lasci, signora! è mia! è mia! me la lasci! me la lasci!
FRANCESCA   Ma lei è pazza, signora!
DONN'ANNA   Pensi che è troppo, è troppo quello che m'ha fatto!

E subito, carezzevole a Lucia:

– No, no – sai? – non te ne fo colpa! – Sono la tua madre!
FRANCESCA   Ma vuole che lasci me per lei? E i suoi figli?

A Lucia:

– Hai i tuoi bambini! Li vuoi abbandonare, per restare qua con nessuno?

DONN'ANNA (*insorgendo*) Ma ne avrà un altro qua, che non potrà dare là a chi non appartiene!

FRANCESCA (*violenta*) Signora, ma si fa coscienza lei di quello che dice?

LUCIA E tu, di quello che io farei? ti fai coscienza?

DONN'ANNA (*subito abbattendosi*) No, no: tua madre ha ragione, figlia! Ha capito che io lo dico per me – per me – non per quello! – Divento misera, misera anch'io! – Ma è perché muojo anch'io, ora, vedi? – Sì, appena ti nascerà questo che ti porti via lontano; appena gliela darai tu, di nuovo, la vita – là – fuori di te! – Vedi? Vedi? Sarai tu la madre allora; non più io! Non tornerà più nessuno a me qua! È finita! Lo riavrai tu, là, mio figlio – piccolo com'era – mio – con quei suoi capelli d'oro e quegli occhi ridenti – com'era – sarà tuo; non più mio! Tu, tu la madre, non più io! E io ora, muojo, muojo veramente qua. Oh Dio! oh Dio!

E piangerà, piangerà come non avrà mai pianto, tra l'accorato sbigottimento dell'altra madre e della figlia. A poco a poco si ripiglierà dal pianto, ma diventando man mano quasi opaca, quasi spenta infine:

Ma sì, ma sì... – Basta, basta. Se è per me, no! no! non voglio piangere! Basta!

Lunghissima pausa. Poi alzandosi, verrà a Lucia e carezzandola:

Vai, vai, figlia, – vai nella tua vita – a consumare anche te – povera carne macerata anche tu. – La morte è ben questa. – E ormai basta. – Non ci pensiamo più. – Ecco, pensiamo – pensiamo, qua, ora, a tua madre piuttosto – che sarà stanca.

FRANCESCA No, no – io voglio subito, subito ripartire!

DONN'ANNA Eh, subito non potrà, signora. Si deve aspettare. Passa tardi di qua il treno di Pisa. Avrà, avrà tutto il tempo di riposarsi. – E tu, figliuola mia –

LUCIA No, no – io non partirò – non partirò – rimarrò qua con lei, io!

FRANCESCA Tu partirai! Te lo dice lei stessa!

DONN'ANNA Qua non c'è più nulla per te.

FRANCESCA E i tuoi bambini t'aspettano! E bisogna far presto!

LUCIA Ma là, io non torno! non torno, sai! – Non è più possibile per me! – Non posso! Non posso e non voglio! Come vuoi che faccia più, ormai?

DONN'ANNA E io, qua? – È ben questa la morte, figlia. – Cose da fare, si voglia o non si voglia – e cose da dire... – Ora, un orario da consultare – poi, la vettura per la stazione – viaggiare... – Siamo i poveri morti affaccendati. – Martoriarsi – consolarsi – quietarsi. – È ben questa la morte.

Tela

CIASCUNO A SUO MODO

commedia in due o tre atti con intermezzi corali

PREMESSA

La rappresentazione di questa commedia dovrebbe cominciare sulla strada o, più propriamente, sullo spiazzo davanti al teatro, con l'annunzio (gridato da due o tre strilloni) e la vendita d'un «Giornale della Sera» appositamente composto su un foglio volante, di modo che possa figurare come un'edizione straordinaria, sul quale a grossi caratteri e bene in vista, nel mezzo, fosse inserita questa indiscrezione *in esemplare stile giornalistico:*

IL SUICIDIO DELLO SCULTORE LA VELA E LO SPETTACOLO DI QUESTA SERA AL TEATRO..... (Il nome del Teatro)

Nel mondo del teatro s'è diffusa improvvisamente una notizia destinata a suscitare uno scandalo enorme. Pare che Pirandello abbia tratto l'argomento della sua nuova commedia *Ciascuno a suo modo*, che sarà rappresentata questa sera al Teatro ......, dal suicidio drammaticissimo, avvenuto or è qualche mese a Torino, del giovine compianto scultore Giacomo La Vela. Si ricorderà che il La Vela, sorpresa nel suo studio, in via Montevideo, la nota attrice, sua fidanzata, A. M. in intimi rapporti col barone N., invece d'avventarsi contro i due colpevoli, ritorse l'arma contro se stesso e s'uccise.

Sembra che il barone N. dovesse anche sposare una sorella del La Vela. L'impressione prodotta dal tragico avvenimento dura tuttora vivissima, non solo per la fama a cui era salito ancora così giovane il La Vela, ma anche per la posizione sociale e la notorietà degli altri due personaggi della tragedia. È molto probabile che se n'abbia qualche sgradevole ripercussione in teatro questa sera.

Non basta. Gli spettatori che entreranno nel teatro per comperare i biglietti, vedranno nei pressi del botteghino l'attrice di cui il giornale ha dato le iniziali A.M., cioè Amelia Moreno là in persona, fra tre signori in smoking che invano cercheranno di persuaderla a rinunziare al proposito d'entrare nel teatro ad assistere allo spettacolo; vorrebbero portarla via; la pregano d'esser buona e togliersi almeno dalla vista di tanti che potrebbero riconoscerla; il suo posto non è là; per carità, si lasci condurre via; vuol fare uno scandalo? Ma lei, pallida, convulsa, fa segno di no, di no; vuol restare, vedere la commedia, fin dov'è arrivata la tracotanza dello scrittore; si porta ai denti il fazzolettino e lo lacera; si fa notare e, appena se n'accorge, vorrebbe nascondersi o inveire; ripete continuamente ai suoi amici che vuole un palco di terza fila; e si terrà indietro per non farsi vedere; vadano, vadano a comprare il biglietto; promette che non darà scandalo; che andrà via, se non potrà più reggere; un palco di terza fila; insomma, vogliono che vada lei a comprarlo?

Questa scena a soggetto, ma proprio come vera, dovrebbe cominciare qualche minuto prima dell'ora fissata per l'inizio dello spettacolo e durare, tra la sorpresa, la curiosità e fors'anche una certa apprensione degli spettatori veri che si dispongono a entrare, fino allo squillo dei campanelli nell'interno del teatro.

Intanto, contemporaneamente, gli spettatori già entrati, o che a mano a mano entreranno, troveranno nel ridotto del teatro, o nel corridojo davanti la sala, un'altra sorpresa, un altro motivo di curiosità e fors'anche d'apprensione in un'altra scena che farà colà il barone Nuti coi suoi amici.

«State tranquilli, state tranquilli: sono calmo, vedete? calmissimo. E v'assicuro che sarò più calmo, se voi ve ne andate. Attirate voi, con lo starmi così attorno, lo sguardo di tutti! Lasciatemi solo, e nessuno baderà più a me. Sono infine uno spettatore come gli altri. Che volete che faccia in teatro? So che lei verrà, se non è già venuta; la voglio rivedere, rivedere soltanto; ma sì, ma sì, da lontano; non voglio altro, rassicuratevi! Insomma, volete andarvene? Non mi fate dare

spettacolo qua alla gente che viene a divertirsi alle mie spalle! Voglio restar solo, come debbo dirvelo? Calmo, sì, calmo: più calmo di così?»

E andrà avanti e indietro, col viso stravolto e il corpo tutt'un fremito, finché tutti gli spettatori non saranno entrati nella sala.

Tutto questo servirà a spiegare al pubblico perché sui manifesti di questa sera la Direzione del teatro ha stimato prudente fare apporre il seguente:

Nota bene. Non è possibile precisare il numero degli atti di questa commedia, se saranno due o tre, per probabili incidenti che forse ne impediranno l'intera rappresentazione.

PERSONAGGI

FISSATI NELLA COMMEDIA SUL PALCOSCENICO

Delia Morello
Michele Rocca
La vecchia signora
Donna Livia Palegari *e i suoi invitati, le sue amiche e i vecchi amici di casa*
Doro Palegari, *suo figlio*, e Diego Cinci, *suo giovane amico*
Il vecchio cameriere di casa Palegari Filippo
Francesco Savio, *il contraddittore*, e *il suo amico* Prestino, *altri amici*, il Maestro di scherma *e un cameriere*

MOMENTANEI NEL RIDOTTO DEL TEATRO

La Moreno (che tutti sanno chi è)
Il barone Nuti
Il Capocomico
Attori e Attrici
Il Direttore del teatro
L'Amministratore della compagnia
Usceri del teatro
Carabinieri
Cinque critici drammatici
Un vecchio autore fallito
Un giovane autore
Un letterato che sdegna di scrivere
Lo spettatore pacifico
Lo spettatore irritato
Qualcuno favorevole
Molti contrarii
Lo spettatore mondano
Altri spettatori, signori e signore

ATTO PRIMO

Siamo nell'antico palazzo della nobile signora Donna Livia Palegari, nell'ora del ricevimento, che sta per finire. Si vedrà in fondo, attraverso tre arcate e due colonne, un ricchissimo salone molto illuminato e con molti invitati, signori e signore. Sul davanti, meno illuminato, vedremo un salotto, piuttosto cupo, tutto damascato, adorno di pregiatissime tele, la maggior parte di soggetto sacro; cosicché ci sembrerà di trovarci nella cappella d'una chiesa, di cui quel salone in fondo, oltre le colonne, sia la navata: cappella sacra d'una chiesa profana. Questo salotto avrà appena una panca e qualche scranna per comodità di chi voglia ammirar le tele alle pareti. Nessun uscio. Ci verranno dal salotto alcuni degli invitati, a due, a tre alla volta, per farsi, appartati, qualche confidenza; e, al levarsi della tela, ci troveremo un Vecchio Amico di casa e un Giovine sottile, che discorreranno tra loro.

IL GIOVINE SOTTILE (*con un capino straziato, d'uccello pelato*) Ma che ne pensa lei?
IL VECCHIO (*bello, autorevole, ma anche un po' malizioso, sospirando*) Che ne penso!

       Pausa.

Non saprei.

       Pausa.

Che cosa ne dicono gli altri?
IL GIOVINE SOTTILE Mah! Chi una cosa e chi un'altra.
IL VECCHIO S'intende! Ciascuno ha le sue opinioni.

IL GIOVINE SOTTILE Ma nessuno, per dir la verità, par che ci s'attenga sicuro, se tutti come lei, prima di manifestarle, vogliono sapere che cosa ne dicono gli altri.

IL VECCHIO Io alle mie mi attengo sicurissimo; ma certo la prudenza, non volendo parlare a caso, mi consiglia di conoscere se gli altri sanno qualche cosa che io non so e che potrebbe in parte modificare la mia opinione.

IL GIOVINE SOTTILE Ma per quello che ne sa?

IL VECCHIO Caro amico, non si sa mai tutto!

IL GIOVINE SOTTILE E allora, le opinioni?

IL VECCHIO Oh Dio mio, mi tengo la mia ma – ecco – fino a prova contraria!

IL GIOVINE SOTTILE No, mi scusi; con l'ammettere che non si sa mai tutto, lei già presuppone che ci siano codeste prove contrarie.

IL VECCHIO (*lo guarderà un po', riflettendo, sorriderà e domanderà*) E con questo lei vorrebbe concludere che non ho nessuna opinione?

IL GIOVINE SOTTILE Perché a stare a quello che dice, nessuno potrebbe mai averne!

IL VECCHIO E non le sembra già questa un'opinione?

IL GIOVINE SOTTILE Sì, ma negativa!

IL VECCHIO Meglio che niente, eh! meglio che niente, amico mio!

Lo prenderà sotto il braccio e s'avvierà con lui per rientrare nel salone in fondo.

Pausa. Nel salone si vedranno alcune signorine offrire il tè e le paste agli invitati. Entreranno guardinghe due Giovani Signore.

LA PRIMA (*con foga ansiosa*) – Mi ridai la vita! Mi ridai la vita! Dimmi! dimmi!

L'ALTRA Ma non è niente più che una mia impressione, bada!

LA PRIMA   Se l'hai avuta, è segno che qualcosa di vero dev'esserci! – Era pallido? Sorrideva triste?
L'ALTRA   Mi parve così.
LA PRIMA   Non dovevo lasciarlo partire. Ah, il cuore me lo diceva! Gli tenni la mano fino alla porta. Era già lontano d'un passo fuori della porta e ancora gli tenevo la mano. Ci eravamo baciati, lasciati, ed esse no, le nostre mani non si volevano staccare. Rientrando, caddi, come rotta dal pianto. – Ma dimmi un po', dimmi: nessuna allusione?
L'ALTRA   Allusione a che?
LA PRIMA   No, dico, se – così, parlando in generale – come tante volte si fa...
L'ALTRA   No, non parlava; stava ad ascoltare ciò che dicevano gli altri..
LA PRIMA   Eh, perché lui lo sa! Lo sa quanto male ci facciamo per questo maledetto bisogno di parlare. Finché dentro di noi c'è un'incertezza, si dovrebbe stare con le labbra cucite. Si parla; non sappiamo neanche noi quello che diciamo... Ma era triste? Sorrideva triste? Non ricordi che cosa dicessero gli altri?
L'ALTRA   Ah, non ricordo. Non vorrei, cara, che ti facessi qualche illusione. Sai com'è? Ci s'inganna. Era forse indifferente e mi parve che sorridesse triste. Aspetta, sì: quando uno disse –
LA PRIMA   – che disse? –
L'ALTRA   – una frase: aspetta... «Le donne, come i sogni, non sono mai come tu le vorresti.»
LA PRIMA   Non la disse lui, questa frase?
L'ALTRA   No, no.
LA PRIMA   Ah Dio mio! – Intanto, non so se sbaglio o non sbaglio. Io che mi sono vantata d'aver fatto in ogni occasione a mio modo! – Sono buona, ma posso diventar cattiva; e allora guaj a lui!
L'ALTRA   Vorrei, cara, che tu non rinunciassi a essere come sei.
LA PRIMA   E come sono? Non lo so più! Ti giuro che non

lo so più! Tutto mobile, labile, senza peso. Mi volto di qua, di là, rido; m'apparto in un angolo per piangere. Che smania! Che angoscia! E continuamente mi nascondo la faccia, davanti a me stessa, tanto mi vergogno a vedermi cambiare!

Sopravvengono a questo punto altri invitati: due giovanotti annojati, molto eleganti, e Diego Cinci.

IL PRIMO Disturbiamo?
L'ALTRA No no: tutt'altro. Venite avanti.
IL SECONDO Questa è la cappella delle confessioni.
DIEGO Già. Donna Livia dovrebbe tenere qua a disposizione dei suoi invitati un prete e un confessionale.
IL PRIMO Ma che confessionale! La coscienza! La coscienza!
DIEGO Sì, bravo! E che te ne fai?
IL PRIMO Come? Della coscienza?
IL SECONDO (*con solennità*) «Mea mihi conscientia pluris est quam hominum sermo».
L'ALTRA Come come? Lei parla in latino?
IL SECONDO Cicerone, Signora. Me ne ricordo ancora dal liceo.
LA PRIMA E che significa?
IL SECONDO (*c. s.*) «Fo più conto della testimonianza della mia coscienza, che dei discorsi di tutto il mondo».
IL PRIMO Modestamente ognuno di noi dice: «Ho la mia coscienza e mi basta».
DIEGO Se fossimo soli.
IL SECONDO (*stordito*) Che vuol dire, se fossimo soli?
DIEGO Che ci basterebbe. Ma allora non ci sarebbe più neanche la coscienza. Purtroppo, cari miei, ci sono io e ci siete voi. Purtroppo!
LA PRIMA Dice purtroppo?
L'ALTRA Non è gentile!
DIEGO Ma perché dobbiamo fare i conti con gli altri, sempre, signore mie!

IL SECONDO   Ma nient'affatto! Quando ho la mia coscienza!
DIEGO   E non vuoi capire che la tua coscienza significa appunto «gli altri dentro di te»?
IL PRIMO   I soliti paradossi!
DIEGO   Ma che paradossi!

Al Secondo:

Che vuol dire, scusa, che «hai la tua coscienza e ti basta»? Che gli altri possono pensare di te e giudicarti come piace a loro, anche ingiustamente; che tu sei intanto sicuro e confortato di non aver fatto male. Non è così?
IL SECONDO   Mi pare!
DIEGO   Bravo! E chi te la dà, se non sono gli altri, codesta sicurezza? Codesto conforto chi te lo dà?
IL SECONDO   Io stesso! La mia coscienza appunto! Oh bella!
DIEGO   Perché credi che gli altri, al tuo posto, se fosse loro capitato un caso come il tuo, avrebbero agito come te! Ecco perché, caro mio! E anche perché, fuori dai casi concreti e particolari della vita... sì, ci sono certi principii astratti e generali, su cui possiamo essere tutti d'accordo (costa poco!). Intanto, guarda: se tu ti chiudi sdegnosamente in te stesso e sostieni che «hai la tua coscienza e ti basta», è perché sai che tutti ti condannano e non t'approvano o anche ridono di te; altrimenti non lo diresti. Il fatto è che i principii restano astratti; nessuno riesce a vederli come te nel caso che ti è capitato, né a veder se stesso nell'azione che hai commessa. E allora a che ti basta la tua coscienza, me lo dici? A sentirti solo? No, perdio. La solitudine ti spaventa. E che fai allora? T'immagini tante teste, tutte come la tua: tante teste che sono anzi la tua stessa; le quali a un dato caso, tirate per un filo, ti dicono sì e no, e no e sì, come vuoi tu. E questo ti conforta e ti fa sicuro. Va' là, va' là che è un giuoco magnifico, codesto della tua coscienza che ti basta!

LA PRIMA È già tardi, oh. Bisogna andare.
L'ALTRA Sì sì. Se ne vanno via tutti.

A Diego, fingendosi scandalizzata:

Ma che discorsi!
IL PRIMO Andiamo, andiamo via anche noi.

Ritorneranno nel salone per salutare la padrona di casa e andar via. Nel salone, ormai, saranno rimasti pochi invitati che già si licenziano da Donna Livia, la quale alla fine si farà avanti, molto turbata, trattenendo Diego Cinci. La seguiranno il Vecchio amico di casa che abbiamo veduto in principio e un Secondo vecchio amico.

DONNA LIVIA (*a Diego*) No no, caro, non ve ne andate. Siete l'amico più intimo di mio figlio. Sono tutta sossopra. Ditemi, ditemi se è vero ciò che mi hanno riferito questi miei vecchi amici.
PRIMO VECCHIO AMICO Ma sono solo supposizioni, Donna Livia, badiamo!
DIEGO Su Doro? Che gli è accaduto?
DONNA LIVIA (*sorpresa*) Come? Non sapete nulla?
DIEGO No. Nulla di grave, suppongo. Lo saprei.
SECONDO VECCHIO AMICO (*socchiudendo gli occhi quasi per attenuare la gravità di quello che dice*) Lo scandalo di jersera –
DONNA LIVIA – in casa Avanzi! La difesa di... di quella... come si chiama? – di quella donnaccia!
DIEGO Scandalo? Che donnaccia?
PRIMO VECCHIO AMICO (*c. s.*) Mah! La Morello.
DIEGO Ah. È per Delia Morello?
DONNA LIVIA Voi dunque la conoscete?
DIEGO E chi non la conosce, signora mia?
DONNA LIVIA Anche Doro? Dunque è vero! La conosce!
DIEGO Oh Dio, la conoscerà. Ma che scandalo?

DONNA LIVIA (*al Primo Vecchio Amico*) E voi che dicevate di no! –
DIEGO – come la conoscono tutti, signora. Ma che è accaduto?
PRIMO VECCHIO AMICO Ecco. Io ho detto: «senza che forse abbia mai parlato con lei!».
SECONDO VECCHIO AMICO Già! Per fama.
DONNA LIVIA E ne prendeva le difese? Fin quasi a venire alle mani –
DIEGO – con chi? –
SECONDO VECCHIO AMICO – con Francesco Savio –
DONNA LIVIA – è incredibile! Arrivare fino a questo punto! In una casa per bene! Per una donna come quella!
DIEGO Ma forse, discutendo –
PRIMO VECCHIO AMICO – ecco, nel calore della discussione –
SECONDO VECCHIO AMICO – come tante volte avviene.
DONNA LIVIA Per carità, non cercate d'ingannarmi!

A Diego:

Dite, ditemi voi, caro! Voi sapete tutto di Doro –
DIEGO – ma stia tranquilla, signora –
DONNA LIVIA – no! Il vostro obbligo, se siete amico vero di mio figlio, è dirmi francamente quello che sapete!
DIEGO Ma se non so nulla! E vedrà che non sarà nulla! Vuol far caso di parole?
PRIMO VECCHIO AMICO No, questo no –
SECONDO VECCHIO AMICO – che abbia fatto un gran senso a tutti, non si può negare –
DIEGO – ma che cosa, in nome di Dio? –
DONNA LIVIA – questa difesa scandalosa! Vi par poco?
DIEGO Ma lo sa lei, signora mia, che da una ventina di giorni non si fa altro che discutere di Delia Morello? Se ne dicono di cotte e di crude, in tutti i ritrovi, salotti, caffè, redazioni di giornali. Ne avrà letto anche lei qualche cosa sui giornali.

DONNA LIVIA Sì. Che un uomo s'è ucciso per lei!
PRIMO VECCHIO AMICO – un giovane pittore: il Salvi –
DIEGO – Giorgio Salvi, sì –
SECONDO VECCHIO AMICO – che pare facesse sperare tanto di sé –
DIEGO – e pare che non sia neanche il primo.
DONNA LIVIA Come? Anche qualche altro?
PRIMO VECCHIO AMICO – sì, era stampato in un giornale –
SECONDO VECCHIO AMICO – che già un altro s'era ucciso per lei? –
DIEGO – un Russo, qualche anno fa, a Capri.
DONNA LIVIA (*dando in ismanie e nascondendosi la faccia tra le mani*) Dio mio! Dio mio!
DIEGO Non tema, per carità, che Doro debba essere il terzo! Creda, signora, che se si deve compiangere da tutti la fine sciagurata d'un artista come Giorgio Salvi; poi – a conoscere bene i fatti come si sono svolti – si può, si può anche tentare la difesa di quella donna.
DONNA LIVIA Anche voi?
DIEGO Anch'io, sì... perché no?
SECONDO VECCHIO AMICO Sfidando l'indignazione di tutti?
DIEGO Sissignori! Vi dico che si può difendere!
DONNA LIVIA Il mio Doro! Dio mio, sempre così serio!
PRIMO VECCHIO AMICO Riserbato.
SECONDO VECCHIO AMICO Contegnoso.
DIEGO Può darsi che, contraddetto, abbia un po' ecceduto, si sia lasciato andare.
DONNA LIVIA No no, non me la date a intendere! non me la date a intendere! È un'attrice, codesta Delia Morello?
DIEGO Una pazza, signora.
PRIMO VECCHIO AMICO Ha fatto però l'attrice drammatica.
DIEGO S'è fatta cacciare per le sue stravaganze da tutte le compagnie; tanto che non trova più da scritturarsi. «De-

lia Morello» sarà un soprannome. Chi sa come si chiama, chi è, di dove viene!
DONNA LIVIA   È bella?
DIEGO   Bellissima.
DONNA LIVIA   Tutte così, queste maledette! Doro l'avrà conosciuta a teatro?
DIEGO   Credo. Ma avrà parlato con lei poche volte nel camerino, se pure. E in fondo non è così terribile come tutti si figurano, signora; stia tranquilla.
DONNA LIVIA   Con due uomini che si sono uccisi per lei?
DIEGO   Io non mi sarei ucciso.
DONNA LIVIA   Avrà fatto perdere la testa a tutti e due!
DIEGO   Io non l'avrei perduta.
DONNA LIVIA   Ma io non temo per voi! Temo per Doro!
DIEGO   Non tema, signora. E creda che se male ha fatto agli altri quella disgraziata, il più gran male l'ha fatto sempre a se stessa. È di quelle donne fatte a caso, sempre fuori di sé, fuggiasche, che non sapranno mai dove andranno a parare. Eppure, tante volte, sembra una povera bambina impaurita che cerchi ajuto.
DONNA LIVIA (*impressionatissima, afferrandolo per le braccia*)   Diego, queste cose ve l'ha dette Doro!
DIEGO   No, signora!
DONNA LIVIA (*incalzando*)   Siate sincero, Diego! Doro è innamorato di questa donna!
DIEGO   Ma se le dico di no!
DONNA LIVIA (*c. s.*)   Sì, sì; ne è innamorato! Le parole che avete detto sono quelle d'un innamorato!
DIEGO   Ma le ho dette io, non Doro!
DONNA LIVIA   Non è vero! Ve le ha dette Doro! Nessuno me lo leva dalla testa!
DIEGO (*stretto così da lei*)   Oh Dio mio.

Con estro improvviso: voce chiara, lieve, invitante:

Signora, e lei non pensa. che so, a un calessino per una

strada di campagna – aperta campagna – in una bella giornata di sole?

DONNA LIVIA (*restando*)   A un calessino? e come c'entra?

DIEGO (*con ira, commosso sul serio*)   Signora, sa come mi sono trovato io, vegliando di notte mia madre che moriva? Con un insetto sotto gli occhi, dalle ali piatte, a sei piedi, caduto in un bicchier d'acqua sul tavolino. E non m'accorsi del trapasso di mia madre, tanto ero assorto ad ammirare la fiducia che quell'insetto serbava nell'agilità dei suoi due ultimi piedi più lunghi, atti a springare. Nuotava disperatamente, ostinato a credere che quei due piedi fossero capaci di springare anche sul liquido e che intanto qualcosina attaccata all'estremità di essi li impacciasse nel salto. Riuscendo vano ogni sforzo, se li nettava vivacemente con quelli davanti e ritentava il salto. Stetti più di mezz'ora a osservarlo. Vidi morir lui e non vidi morire mia madre. Ha capito? – Mi lasci stare!

DONNA LIVIA (*confusa, stordita, dopo aver guardato gli altri due, anch'essi confusi, storditi*)   Io vi chiedo scusa – ma non vedo che relazione...

DIEGO   Le sembra assurdo? Lei domani riderà – gliel'assicuro io – di tutta codesta vana costernazione per suo figlio, ripensando a questo calessino che ora le ho fatto passar davanti per frastornarla. Consideri che io non posso ridere ugualmente, pensando a quell'insetto che mi cadde sotto gli occhi mentre vegliavo mia madre che moriva.

Pausa. Donna Livia e i due vecchi amici, dopo questa brusca diversione, torneranno a guardarsi tra loro, più che mai imbalorditi, non riuscendo, per quanta buona volontà ci mettano, a far entrare quel calessino e quell'insetto nell'argomento del loro discorso. D'altra parte Diego Cinci è veramente commosso dal ricordo della morte della madre; per cui Doro Palegari, che entrerà in questo momento, lo troverà del tutto cambiato d'umore.

DORO (*sorpreso, dopo aver guardato in giro tutti e quattro*) Che cos'è?
DONNA LIVIA (*riavendosi*) Ah! Eccoti qua! Doro, Doro, figlio mio, che hai fatto? Questi amici mi hanno detto...
DORO (*scattando, irritatissimo*) ...dello scandalo, è vero?... che sono cotto, fradicio, pazzo di Delia Morello, eh? Tutti gli amici che m'incontrano per via, mi fanno l'occhietto: – «Eh, Delia Morello?». – Ma perdio, dove siamo? in che mondo viviamo?
DONNA LIVIA Ma se tu –
DORO – io, che cosa? È incredibile, parola d'onore! È già, subito, diventato uno scandalo!
DONNA LIVIA Hai difeso –
DORO – non ho difeso nessuno!
DONNA LIVIA – in casa Avanzi, jersera –
DORO – in casa Avanzi jersera ho sentito esprimere da Francesco Savio un'opinione che non m'è sembrata giusta sulla fine tragica del Salvi di cui tutti parlano; e l'ho combattuta. – Questo è tutto!
DONNA LIVIA Ma hai detto cose –
DORO – avrò anche detto un cumulo di sciocchezze! Quello che ho detto, non lo so! Una parola tira l'altra! – Ma può ciascuno pensare a suo modo, sì o no? sui fatti che accadono. Si può, mi pare, interpretare un fatto in una maniera o in un'altra, come ci sembra; oggi così e domani magari diversamente? – Io sono prontissimo, se domani vedo Francesco Savio, a riconoscere che aveva ragione lui, e torto io.
PRIMO VECCHIO AMICO Ah, benissimo, allora!
DONNA LIVIA Fallo, sì, fallo, Doro mio! –
SECONDO VECCHIO AMICO – per tagliar corto a tutte queste chiacchiere!
DORO Ma non per questo! Me ne infischio, io, delle chiacchiere. – Per vincere in me stesso l'irritazione che provo –
PRIMO VECCHIO AMICO – è giusto! sì sì, è giusto!
SECONDO VECCHIO AMICO – a vedersi così frainteso!

DORO   Ma no! Per le esagerazioni a cui mi sono lasciato andare vedendo bestialmente incornato su certe false argomentazioni Francesco Savio, il quale poi – sì – aveva ragione lui, sostanzialmente. Ora, a mente fredda, sono pronto – ripeto – a riconoscerlo. E lo farò, lo farò davanti a tutti, perché si finisca di gonfiare questa famosa discussione! Non ne posso più!

DONNA LIVIA   Bene, bene, Doro mio! E sono contenta che tu riconosca fin d'ora, qua davanti al tuo amico, che non si può difendere una donna come quella!

DORO   Perché anche lui diceva che si può difendere?

PRIMO VECCHIO AMICO   Già – lo diceva; ma... così; lo diceva –

SECONDO VECCHIO AMICO   – accademicamente – per tranquillare tua madre...

DONNA LIVIA   Ah, sì, bel modo di tranquillarmi! Fortuna che m'hai tranquillato tu, ora. Grazie, Doro mio!

DORO (*scattando al ringraziamento*)   Ma dici sul serio? Mi fai crescere più che mai l'irritazione, vedi?

DONNA LIVIA   Perché ti ringrazio?

DORO   Eh sì, scusa! Perché mi ringrazi? Hai potuto credere anche tu, dunque? –

DONNA LIVIA   – no! no! –

DORO   – e allora perché mi ringrazi e ti dichiari tranquilla «ora»? – Farei cose da pazzi, farei!

DONNA LIVIA   Per carità, non ci pensare più!

DORO (*voltandosi a Diego*)   Come credi che sia da difendere, tu, Delia Morello?

DIEGO   Lascia andare! Ora che tua madre è tranquilla!

DORO   No, vorrei saperlo, vorrei saperlo.

DIEGO   Per seguitare a discutere con me?

DONNA LIVIA   Basta, Doro!

DORO (*alla madre*)   No, per curiosità!

a Diego:

Per vedere se le tue ragioni sono quelle stesse che portavo io contro Francesco Savio.

DIEGO   E in questo caso? Cambieresti di nuovo?

DORO   Ti pare che sia una bandieruola? – «Non si può dire» – sostenevo io – «che Delia Morello abbia voluto la rovina del Salvi per il fatto che, quasi alla vigilia delle nozze, si mise con quell'altro, perché la vera rovina del Salvi sarebbe stata a ogni modo il suo matrimonio con lei.»

DIEGO   Ecco! Benissimo! Ma sai com'è una torcia accesa, al sole, in un mortorio? La fiamma non si vede; e che si vede invece? come fùmiga!

DORO   Che intendi dire?

DIEGO   Che son d'accordo con te: che la Morello lo sapeva; e che appunto perché lo sapeva, non volle il matrimonio! Ma tutto questo non è chiaro, forse neanche a lei stessa; e appare invece a tutti il fumighìo della sua così detta perfidia.

DORO (*subito, con foga*)   No, no, caro mio! Ah, la perfidia c'è stata; è innegabile; e raffinatissima! Ci ho ripensato bene tutt'oggi. Ella si mise con quell'altro – con Michele Rocca – per seguitare fino all'ultimo la sua vendetta sopra il Salvi; come sosteneva Francesco Savio jersera.

DIEGO   Oh! E dunque statti adesso in buona pace con codesta opinione del Savio, e non parlarne più.

PRIMO VECCHIO AMICO   Ecco! È il meglio che si possa fare su un simile argomento! E noi ce n'andiamo, Donna Livia –

le bacerà la mano.

SECONDO VECCHIO AMICO (*seguitando*) – felicissimi che tutto si sia chiarito!

Le bacerà la mano; poi, rivolgendosi ai due giovani:

Buona sera, cari.

PRIMO VECCHIO AMICO   Addio, Doro. Buona sera, Cinci.
DIEGO   Buona sera.

Se lo tirerà un po' in disparte e gli dirà piano, maliziosamente:

Congratulazioni!
PRIMO VECCHIO AMICO (*stordito*)   Di che?
DIEGO   Noto con piacere che in lei c'è sempre, sotto sotto, un di più, che per fortuna non viene mai fuori.
PRIMO VECCHIO AMICO   In me? Ma no! Che cosa?
DIEGO   Eh via! Ciò che pensa, lei se lo tiene per sé, e non se ne fa accorgere. Ma siamo d'accordo, sa!
PRIMO VECCHIO AMICO   Uhm! Non ci arrivo, che vuole che le dica!
DIEGO (*tirandoselo un po' più in disparte*)   Io me la sposerei perfino! Ma ho appena quanto basta a me, e non di più. Sarebbe come ad accogliere un altro sotto l'ombrello quando piove, che ci si bagna in due.
DONNA LIVIA (*che se ne sarà stata frattanto a conversare, rassicurata, con Doro e l'altro vecchio amico: rivolgendosi al primo che riderà*)   E allora, amico mio.. – Che avete da ridere così?
PRIMO VECCHIO AMICO   Niente: capestrerie!
DONNA LIVIA (*seguitando e avviandosi a braccetto di lui e seguita dall'altro verso il salone, da cui parlando scompariranno per la destra*)   – se domani andrete da Cristina, ditele che si tenga pronta per l'ora fissata...

Via Donna Livia coi due vecchi amici. Doro e Diego resteranno per un buon pezzo in silenzio. Il salone vuoto e illuminato farà, alle loro spalle, una strana impressione.

DIEGO (*aprendo le dita delle due mani a ventaglio e intrecciandole tra loro in modo da formare una grata o una rete*

e appressandosi a Doro per mostrargliela) È così – guarda – proprio così –
DORO Che cosa?
DIEGO – la coscienza di cui si parlava poc'anzi. Una rete elastica, che se s'allenta un poco, addio! scappa fuori la pazzia che cova dentro ciascuno di noi.
DORO *(dopo un breve silenzio, costernato e sospettoso)* Lo dici per me?
DIEGO *(quasi a se stesso)* Ti vagano davanti sconnesse le immagini accumulate in tanti anni, frammenti di vita che forse hai vissuta e che t'è rimasta occultata perché non hai voluto o potuto rifletterla in te al lume della ragione; atti ambigui, menzogne vergognose, cupi livori, delitti meditati all'ombra di te stesso fino ai minimi particolari, desiderii inconfessati: tutto, tutto ti riviene fuori, ti sbòmica, e ne resti sconcertato e atterrito.
DORO *(c. s.)* Perché dici questo?
DIEGO *(con gli occhi fissi nel vuoto)* Dopo nove notti che non dormivo...

S'interromperà per voltarsi di scatto a Doro.

Provati, provati a non dormire per nove notti di fila! – Quella tazzina di majolica, sul comodino, con un solo righino azzurro. – E *tèn-tèn*, che morte, quella campana! Otto, nove... le contavo tutte: dieci, undici – la campana dell'orologio – dodici – e poi ad aspettare quella dei quarti! Non c'è più nessun affetto che tenga, quando hai trascurato i bisogni primi che si debbono per forza soddisfare. Rivoltato contro la sorte feroce che teneva ancora lì, rantolante e insensibile il corpo, il solo corpo ormai, quasi irriconoscibile, di mia madre – sai che pensavo? pensavo che – ah Dio, poteva finalmente finire di rantolare!
DORO Ma è morta, scusa, da più di due anni, tua madre, mi pare.
DIEGO Sì. Sai come mi sorpresi, a una momentanea so-

spensione di quel rantolo, nel terribile silenzio sopravvenuto nella camera, voltando non so perché il capo verso lo specchio dell'armadio? Curvo sul letto, intento a spiare da vicino, se non fosse morta. Proprio come per farsi vedere da me, la mia faccia conservava nello specchio l'espressione con cui stava sospesa a spiare, in un quasi allegro spavento, la liberazione. La ripresa del rantolo m'incusse in quel punto un tale raccapriccio di me, che mi nascosi quella faccia come se avessi commesso un delitto; e mi misi a piangere – come il bambino ch'ero stato per mia mamma, di cui – sì, sì – volevo ancora la pietà per la stanchezza che sentivo, che mi faceva cascare a pezzi; pur avendo finito or ora di desiderare la sua morte; povera mamma che ne aveva perdute di notti per me, quand'ero piccino e malato...

DORO Ma mi dici perché, all'improvviso, codesto ricordo di tua madre?

DIEGO Non lo so perché. Lo sai tu forse perché ti sei tanto irritato del ringraziamento che tua madre t'ha fatto per averla tranquillata?

DORO Perché aveva potuto supporre per un momento anche lei...

DIEGO Va' là, che noi c'intendiamo a guardarci!

DORO (*scrollando le spalle*) Ma che vuoi intendere!

DIEGO Se non fosse vero, avresti dovuto riderne, non irritartene.

DORO Ma come? pensi sul serio anche tu? –

DIEGO – io? tu lo pensi!

DORO Se do ragione al Savio adesso!

DIEGO Lo vedi? Da così a così. E anche contro te stesso ti sei irritato, delle tue «esagerazioni»!

DORO Perché riconosco –

DIEGO – no! no! leggi chiaro, leggi chiaro in te stesso!

DORO Ma che vuoi che legga, fammi il piacere!

DIEGO Tu dài ragione adesso a Francesco Savio... sai perché? per reagire contro un sentimento, che covi dentro, a tua insaputa.

DORO   Ma nient'affatto! Mi fai ridere!
DIEGO   Sì! sì!
DORO   Mi fai ridere, ti dico!
DIEGO   Nel ribollimento della discussione di jersera t'è venuto a galla e t'ha stordito e t'ha fatto dir cose «che non sai». Sfido! Credi di non averle mai pensate! E invece le hai pensate, le hai pensate –
DORO   – come? quando? –
DIEGO   – di nascosto a te stesso! – Caro mio! Come ci sono i figli illegittimi, ci sono anche i pensieri bastardi!
DORO   I tuoi, sì!
DIEGO   Anche i miei! Tende ognuno ad ammogliarsi per tutta la vita con un'anima sola, la più comoda, quella che ci porta in dote la facoltà più adatta a conseguir lo stato a cui aspiriamo; ma poi, fuori dell'onesto tetto coniugale della nostra coscienza, abbiamo tresche, tresche e trascorsi senza fine con tutte le altre nostre anime rejette che stanno giù nei sotterranei del nostro essere, e da cui nascono atti, pensieri, che non vogliamo riconoscere, o che, forzati, adottiamo o legittimiamo, con accomodamenti e riserve e cautele. Questo, tu ora lo respingi, povero pensiero trovatello! Ma guardalo bene negli occhi: è tuo! Tu ti sei davvero innamorato di Delia Morello! Come un imbecille!
DORO   Ah! ah! ah! ah! Mi fai ridere, mi fai ridere.

A questo punto entrerà dal salone il cameriere Filippo.

FILIPPO   Permesso? C'è il signor Francesco Savio.
DORO   Ah, eccolo qua!

A Filippo:

Fallo entrare.
DIEGO   Io me ne vado.
DORO   No, aspetta che ti farò vedere come mi sono innamorato di Delia Morello!

Entrerà Francesco Savio.

DORO Vieni, vieni, Francesco.
FRANCESCO Caro Doro! – Buona sera, Cinci!
DIEGO Buona sera.
FRANCESCO (*a Doro*) Sono venuto a esprimerti il mio rammarico per il diverbio nostro di jersera.
DORO Oh guarda! Mi proponevo anch'io di venirti a trovare questa sera per esprimerti allo stesso modo il mio rammarico.
FRANCESCO (*lo abbraccerà*) Ah! Mi togli un gran peso dal petto, amico mio!
DIEGO Siete da dipingere tutti e due, parola d'onore!
FRANCESCO (*a Diego*) Ma sai che per un punto non abbiamo guastata per sempre la nostra vecchia amicizia?
DORO Ma no! ma no!
FRANCESCO Come no? Ci sono stato male tutta la notte, credi! A pensare come mi fosse potuto rimanere oscuro il sentimento generoso –
DIEGO (*di scatto*) – benissimo! – che l'ha spinto a difendere Delia Morello, eh? –
FRANCESCO – davanti a tutti – coraggiosamente – mentre tutti le gridavano la croce addosso.
DIEGO Tu prima di tutti!
FRANCESCO (*con calore*) Ma sì! Per non aver considerato a fondo le ragioni, una più giusta e più valida dell'altra, addotte da Doro!
DORO (*con dispetto e restando*) Ah sì? tu, ora? –
DIEGO (*c. s.*) – benissimo! In favore di quella donna, è vero? –
FRANCESCO – sfidando lo scandalo! Imperterrito contro le risa sguajate con cui tutti quegli sciocchi accoglievano le sue risposte sferzanti!
DORO (*c. s. prorompendo*) Senti! Tu sei un pulcinella!
FRANCESCO Come! Vengo a darti ragione!
DORO Appunto per questo! Un pulcinella!
DIEGO (*a Francesco*) Voleva darti ragione – lui, a te !

FRANCESCO A me?
DIEGO A te! a te! per tutto quello che hai detto tu contro Delia Morello!
DORO E ora ha il coraggio di venirmi a dire in faccia che avevo ragione io!
FRANCESCO Ma perché ho riflettuto su quello che dicesti jersera!
DIEGO Eh già! Capisci? Come lui su quello che dicevi tu!
FRANCESCO E ora lui dà ragione a me?
DIEGO Come tu a lui!
DORO Ora, già! Dopo avermi reso jersera lo zimbello di tutti, il bersaglio di tutte le malignità, e aver qua turbato mia madre –
FRANCESCO – io?
DORO – tu! tu! sì! cimentandomi, compromettendomi, facendomi dir cose che non m'erano mai passate per la mente!

Parandoglisi di fronte, aggressivo, fremente:

Non t'arrischiare sai, d'andar dicendo che ho ragione io adesso!
DIEGO (*incalzando*) – perché riconosci la generosità del suo sentimento –
FRANCESCO – ma se è vero!
DORO Sei un pulcinella!
DIEGO Farai credere che sai anche tu, ora, la verità: che è innamorato di Delia Morello, e che l'ha difesa per questo!
DORO Diego, finiscila, perdio, o me la piglio con te!

A Francesco:

Un pulcinella, caro mio, un pulcinella!
FRANCESCO Me lo gridi in faccia per la quinta volta, bada!
DORO E te lo griderò per cento volte di fila, ora, domani e sempre!

FRANCESCO Ti faccio notare che sono in casa tua!
DORO In casa mia e fuori, dove tu vuoi te lo grido in faccia: pulcinella!
FRANCESCO Ah sì? Sta bene. Quand'è così, a rivederci!

E andrà via.

DIEGO (*facendo per corrergli dietro*) Oh, non facciamo scherzi!
DORO (*trattenendolo*) Lascialo andare!
DIEGO Ma dici sul serio? Tu così finisci di comprometterti!
DORO Non me n'importa un corno!
DIEGO (*svincolandosi*) Ma tu sei pazzo!... Lasciami andare!

Scapperà via per tentare di raggiungere Francesco Savio.

DORO (*gli griderà dietro*) Ti proibisco d'intromretterti! (*Non vedendolo più s'interromperà e andrà in su e in giù per il salotto, masticando tra i denti*) Ma guarda un po'! – Ora! – Ha il coraggio di venirmi a dire in faccia che avevo ragione io, ora! – Pulcinella... – Dopo aver fatto credere a tutti... –

Sopravverrà a questo punto Filippo, un po' smarrito, con un biglietto da visita in mano.

FILIPPO Permesso?
DORO (*arrestandosi brusco*) Che cosa c'è?
FILIPPO C'è una signora che domanda di lei.
DORO Una signora?
FILIPPO Ecco.

Gli porgerà il biglietto da visita.

DORO (*dopo aver letto il nome sul biglietto, turbandosi vivamente*) – Qua? Dov'è?

FILIPPO È di là che aspetta.
DORO (*si guarderà attorno, perplesso; poi domanderà, cercando di nascondere l'ansia e il turbamento*) E – la mamma è uscita?
FILIPPO Sissignore, da poco.
DORO Falla passare, falla passare.

Andrà verso il salone per accogliere Delia Morello. Filippo si ritirerà e ritornerà poco dopo per accompagnare fino alle colonne Delia Morello che apparirà velata, sobriamente vestita, ma elegantissima. Filippo tornerà a ritirarsi, inchinandosi.

DORO Voi qua, Delia?
DELIA Per ringraziarvi; per baciarvi le mani, amico mio!
DORO Ma no, che dite!
DELIA Sì, ecco –

Chinerà il capo come se volesse veramente baciargli la mano che tiene ancora tra le sue.

– davvero! davvero!
DORO Ma no, che fate! Debbo io, a voi –
DELIA Per il bene che mi avete fatto!
DORO Ma che bene! Ho solo –
DELIA – no! credete per la difesa che avete fatto di me? Che volete che m'importi di difese, di offese! – Mi dilanio da me! – La mia gratitudine è per quello che avete pensato, sentito; e non perché l'abbiate gridato in faccia agli altri!
DORO (*non sapendo come regolarsi*) Ho pensato... sì, quel che – conoscendo, come conoscevo, i fatti – m'è... m'è parso giusto.
DELIA Giusto o ingiusto – non m'importa! È che mi sono riconosciuta, capite, «riconosciuta» in tutto quello che avete detto di me, appena me l'hanno riferito!

DORO (*c. s. ma non volendo parere smarrito*) Ah, bene – perché... ho – ho indovinato dunque?

DELIA Come se foste vissuto in me, sempre; ma intendendo di me quello che io non ho potuto mai intendere, mai, mai! Mi sono sentita fendere le reni da brividi continui; ho gridato: «Sì! sì! è così! è così!»; non potete immaginarvi con che gioia, con che spasimo, vedendomi, sentendomi in tutte le ragioni che avete saputo trovare!

DORO Ne sono... ne sono felice, credetemi! Felice perché mi sono apparse così chiare nel momento in cui – veramente – «le trovavo», senza rifletterci, come... come per un estro che mi si fosse acceso, ecco, per una divinazione insomma del vostro animo – e poi, vi confesso, non più –

DELIA – ah, non più?

DORO Ma se voi ora mi dite che vi ci siete riconosciuta!

DELIA Amico mio, vivo da stamattina di codesta vostra divinazione, che è apparsa tale anche a me! Tanto che mi domando come abbiate potuto fare ad averla, voi che mi conoscete così poco, in fondo; e mentr'io mi dibatto, soffro – non so – come di là da me stessa! come se quella che io sono, debba andarla sempre inseguendo, per trattenerla, per domandarle che cosa voglia, perché soffra, che cosa dovrei fare per ammansarla, per placarla, per darle pace!

DORO Ecco: un po' di pace, sì! Voi ne avete veramente bisogno.

DELIA L'ho sempre davanti, come me lo vidi in un attimo cadere ai piedi, bianco, di peso, dacché m'era sopra come una vampa; mi sentii – non so – estinguere, estinguere – protendendomi a guardare, dall'abisso di quell'attimo, l'eternità di quella morte improvvisa, là, nella sua faccia in un momento smemorata di tutto, spenta. E sapevo io sola, io sola la vita ch'era in quella testa che s'era là fracassata per me; per me che non sono niente! – Ero pazza; figuratevi come sono adesso!

DORO Calmatevi, calmatevi.

DELIA Mi calmo, sì. E appena mi calmo – ecco qua – sono

così – come insordita. In tutto il corpo, insordita. Proprio. Mi stringo e non mi sento. Le mani – me le guardo – non mi sembrano mie. E tutte le cose – Dio mio, le cose da fare – non so più perché si debbano fare. Apro la borsetta; ne cavo lo specchio; e nell'orrore di questa vana freddezza che mi prende, non potete immaginarvi che impressione mi facciano, nel tondo dello specchio, la mia bocca dipinta, i miei occhi dipinti, questa faccia che mi sono guastata per farmene una maschera.

DORO (*appassionato*)   Perché non ve la guardate con gli occhi degli altri.

DELIA   Anche voi? Sono proprio condannata a odiare come nemici tutti coloro a cui m'accosto perché m'ajutino a comprendermi? Abbagliati dai miei occhi, dalla mia bocca... E nessuno che si curi di ciò che più mi bisogna!

DORO   Del vostro animo, sì.

DELIA   E io allora li punisco là, dove s'appuntano le loro brame; e prima le esaspero, codeste brame che mi fanno schifo, per meglio vendicarmi; facendo getto all'improvviso di questo mio corpo a chi meno essi s'aspetterebbero.

Doro farà segno di sì col capo; come a dire: «Purtroppo!».

Così, per mostrar loro in quanto dispregio io tenga ciò che essi sopratutto pregiano di me.

Doro farà ancora segno di sì col capo.

Ho fatto il mio danno? Sì. L'ho sempre fatto. Ah, ma meglio la canaglia – la canaglia che si dà per tale; che se rattrista, non delude; e che può avere anche qualche lato buono; certe ingenuità talvolta, che tanto più rallegrano e rinfrescano, quanto meno ce l'aspettiamo in loro!

DORO (*sorpreso*)   Ho detto proprio così, io! Proprio questo –

DELIA (*convulsa*) – sì, sì –
DORO – ho spiegato così, proprio così, certi vostri inopinati –
DELIA – traviamenti – già! – balzi – salti mortali...

Resterà d'un tratto con gli occhi fissi nel vuoto, come assorti in una lontana visione.

– Guarda!...

Poi dirà come a se stessa:

Pare impossibile... Già... I salti mortali...

E di nuovo assorta:

Quella ragazzetta, a cui gli zingari insegnavano a farli – in una spianata verde verde, vicino alla mia casetta di campagna, quand'ero bambina... –

c. s.

Pare impossibile che sia stata anch'io bambina...

Farà, senza dirlo, il grido con cui la madre la chiamava:

– «Lilì! Lilì» – Che paura di quegli zingari; che levassero d'improvviso le tende e mi rapissero! –

Rivenendo a sé:

Non mi hanno rapita. Ma i salti mortali ho imparato a farli anch'io, da me, venendo dalla campagna in città – qua – fra tutto questo finto, fra tutto questo falso che diventa sempre più finto e più falso – e non si può sgombrare; perché, ormai, a rifarla in noi, attorno a noi, la semplicità, appare falsa – appare? è, è – falsa, finta anch'essa. – Non è più vero niente! E io voglio vedere, voglio sentire, sentire almeno una cosa, almeno una cosa sola che sia vera vera, in me!

DORO Ma codesta bontà che è in fondo a voi, nascosta; come io ho cercato di farla vedere agli altri –

DELIA – sì sì; e ve ne sono tanto grata, sì – ma così complicata anch'essa – complicata – tanto che vi siete attirate l'ira, le risa di tutti per aver voluto chiarirla. Anche a me l'avete chiarita. Sì, malvista da tutti, come avete detto voi, trattata con diffidenza da tutti, là a Capri. – (Credo che ci fosse anche chi mi sospettava spia.) – Ah, che scoperta vi feci, amico mio! Sapete che cosa significa «amare l'umanità»? Significa soltanto questo: «essere contenti di noi stessi». Quando uno è contento di se stesso «ama l'umanità». – Pienissimo di questo amore – oh felice! – dopo l'ultima esposizione dei suoi quadri a Napoli, doveva esser lui, quando venne a Capri –

DORO – Giorgio Salvi? –

DELIA – per certi suoi studi di paese. – Mi trovò in quello stato d'animo –

DORO – ecco! proprio come ho detto io! Preso tutto dalla sua arte, senza più altro sentimento.

DELIA Colori! Per lui i sentimenti non erano più altro che colori!

DORO Vi propose di sedere per un ritratto –

DELIA – dapprima, sì. Poi... Aveva un modo di chiedere quello che voleva... un modo... – era impudente, pareva un bambino. – E gli feci da modella. Voi l'avete detto benissimo: nulla irrita più che il restare esclusi da una gioja –

DORO – viva, presente innanzi a noi, attorno a noi, di cui non si scopra o non s'indovini la ragione –

DELIA – giustissimo! Ero una gioja – pura – soltanto per i suoi occhi – ma che mi dimostrava che anche lui, in fondo, non pregiava e non voleva da me altro che il corpo; non come gli altri, per un basso intento, oh!

DORO Ma questo a lungo andare non poteva che irritarvi di più –

DELIA – ecco! Perché se m'ha fatto sempre sdegno e nausea non vedermi ajutata nelle mie smaniose incertezze da quegli altri; il disgusto per uno che voleva anch'esso il corpo, e nient'altro, ma solo per trarne una gioja –

DORO – ideale! –

DELIA – esclusivamente per sé! –

DORO – doveva essere tanto più forte, in quanto mancava appunto ogni motivo di nausea –

DELIA – e rendeva impossibile quella vendetta che almeno ho potuto prendermi d'improvviso contro gli altri! – Un angelo, per una donna, è sempre più irritante d'una bestia!

DORO (*raggiante*) Oh guarda! Le mie parole! io ho detto proprio – precisamente – così!

DELIA Ma io ripeto le vostre parole, appunto, come mi sono state riferite: che mi hanno fatto luce –

DORO – ah, ecco! – per vedere la ragione vera –

DELIA – di quello che ho fatto! Sì sì: è vero: per potermi vendicare, io feci in modo che il mio corpo a mano a mano davanti a lui cominciasse a vivere, non più per la delizia degli occhi soltanto –

DORO – e quando lo vedeste come tant'altri vinto e schiavo, per meglio assaporare la vendetta, gli vietaste che prendesse da esso altra gioja che non fosse quella di cui finora s'era contentato –

DELIA – come unica ambita, perché unica degna di lui!

DORO E basta! – Basta! – Perché la vostra vendetta, così, era già fatta! Voi non voleste affatto che egli vi sposasse, è vero?

DELIA No! no! Lottai tanto, tanto, per dissuaderlo! Quando corrivo, esasperato per le mie ostinate repulse, minacciò di far pazzie – volli partire, sparire.

DORO E poi gl'imponeste le condizioni che sapevate per lui più dure – apposta –

DELIA – apposta, sì, apposta –

DORO – ch'egli cioè vi presentasse come promessa sposa alla madre, alla sorella –
DELIA – sì, sì – della cui illibata riserbatezza era orgoglioso e gelosissimo – apposta, perché dicesse di no! – Ah, come parlava di quella sua sorellina!
DORO Benissimo! Allora, come ho sostenuto io! – E ditemi la verità: quando il fidanzato della sorella, il Rocca –
DELIA (*con orrore*) – no! no! Non mi parlate, non mi parlate di lui, per carità!
DORO Questa è la massima prova delle ragioni sostenute da me, e dovete dirlo, dovete dirlo che è vero, quello che ho sostenuto io –
DELIA – sì; che mi misi con lui, disperata, disperata, quando non vidi più altra via di scampo –
DORO – ecco! benissimo! –
DELIA – per farmi sorprendere, sì, per farmi sorprendere da lui, e impedire così quel matrimonio –
DORO – che sarebbe stato la sua infelicità –
DELIA – e anche la mia! la mia! –
DORO (*trionfante*) – benissimo! Tutto quello che ho sostenuto io! Così v'ho difesa! – E quell'imbecille che diceva di no! che tanto le repulse, quanto la lotta, la minaccia, il tentativo di sparire, furono tutte perfide arti –
DELIA (*impressionata*) – diceva questo? –
DORO – già! ben meditate ed attuate per ridurre alla disperazione il Salvi, dopo averlo sedotto –
DELIA (*c. s.*) – ah – io – sedotto? –
DORO – sicuro! – e che più lui si disperava e più voi vi negavate, per ottenere tante e tante cose, ch'egli altrimenti non vi avrebbe mai accordate –
DELIA (*sempre più impressionata e man mano smarrendosi*) – che cosa? –
DORO – ma prima di tutto, quella presentazione alla madre e alla sorellina e al fidanzato di lei –
DELIA – ah, non perché io sperassi di trovare un pretesto nell'opposizione di lui per mandare a monte la promessa di matrimonio? –

DORO — no! no! per un'altra perfidia — sosteneva! —
DELIA (*del tutto smarrita*) — e quale? —
DORO — per il gusto di comparire vittoriosa, davanti a tutti in società, accanto alla purezza di quella sorellina — voi — la disprezzata, la contaminata —
DELIA (*trafitta*) — ah, così ha detto? —

e resterà con gli occhi invagati, accasciata.

DORO — così! così! — e che quando sapeste che ragione del prolungato ritardo di quella presentazione da voi posta per patto, era invece l'opposizione fierissima del Rocca, fidanzato della sorella —
DELIA — ancora per vendicarmi, è vero? —
DORO — sì! perfidamente! —
DELIA — di quest'opposizione? —
DORO — sì, attraeste e travolgeste il Rocca come un fuscellino di paglia in un gorgo, senza pensare più al Salvi, solo per il gusto di dimostrare a quella sorella che cos'è la fierezza e l'onestà di codesti illibati paladini della morale!

Delia resterà per un lungo tratto in silenzio, fissa a guardare innanzi a sé, come insensata, poi si coprirà di scatto il volto con le mani, e resterà così.

DORO (*dopo averla mirata un tratto, perplesso, sorpreso*) Che cos'è?
DELIA (*resterà ancora un poco col volto coperto; poi lo scoprirà e guarderà un poco ancora innanzi a sé; infine dirà aprendo desolatamente le braccia*) E chi sa, amico mio, ch'io non l'abbia fatto veramente per questo?
DORO (*scattando*) Come? E allora?

Sopravverrà a questo punto stravolta e agitatissima Donna Livia, gridando fin dall'interno:

DONNA LIVIA Doro! Doro!
DORO (*subito alzandosi turbatissimo alla voce*) Mia madre!
DONNA LIVIA (*precipitandosi*) Doro! M'hanno detto a passeggio che lo scandalo di jersera avrà un seguito cavalleresco!
DORO Ma no! Chi te l'ha detto?
DONNA LIVIA (*voltandosi a Delia sdegnosamente*) ...Ah! E trovo infatti codesta signora in casa mia?
DORO (*con fermezza, pigiando sulle parole*) In casa tua, appunto, mamma!
DELIA Io vado, vado. Ah, ma questo non avverrà – non avverrà, stia tranquilla, signora! Lo impedirò io! Penserò io a impedirlo!

E s'avvierà rapidamente, convulsa.

DORO (*seguendola per un tratto*) Non s'arrischi, signora, per carità, a interporsi. –

Delia scomparirà.

DONNA LIVIA (*gridando, per arrestarlo*) Ma dunque è vero?
DORO (*voltandosi e gridando esasperato*) Vero? Che cosa? – Che mi batto – Forse. – Ma perché? Per una cosa che nessuno sa quale sia come sia: né io, né quello – e nemmeno lei stessa! nemmeno lei stessa!

Tela

PRIMO INTERMEZZO CORALE

Il sipario, appena abbassato, si rialzerà per mostrare quella parte del corridojo del teatro che conduce ai palchi di platea, alle poltrone, alle sedie, e, in fondo, al palcoscenico. E si vedranno gli spettatori che a mano a mano vengono fuori dalla sala, dopo avere assistito al primo atto della commedia. (Altri, in gran numero, si suppone che vengano fuori dalla sala sull'altra parte del corridojo che non si vede; e non pochi, infatti, ne sopravverranno di tanto in tanto da sinistra.)

Con questa presentazione del corridojo del teatro e del pubblico che figurerà d'aver assistito al primo atto della commedia, quella che da principio sarà apparsa in primo piano sulla scena quale rappresentazione d'una vicenda della vita, si darà ora a vedere come una finzione d'arte; e sarà perciò come allontanata e respinta in un secondo piano. Avverrà più tardi, sul finire di questo primo intermezzo corale, che anche il corridojo del teatro e gli spettatori saranno anch'essi respinti a loro volta in un terzo piano; e questo avverrà allorché si verrà a conoscere che la commedia che si rappresenta sul palcoscenico è a chiave: *costruita cioè dall'autore su un caso che si suppone realmente accaduto e di cui si siano occupate di recente le cronache dei giornali: il caso della Moreno (che tutti sanno chi è) e del barone Nuti e dello scultore Giacomo La Vela che si è ucciso per loro. La presenza in teatro, tra gli spettatori della commedia, della Moreno e del Nuti stabilirà allora per forza un primo piano di realtà, più vicino alla vita, lasciando in mezzo gli spettatori alieni, che discutono e s'appassionano soltanto di una finzione d'arte. Si assisterà poi nel secondo intermezzo corale al conflitto tra questi tre piani di realtà, allorché da un piano all'altro i personaggi veri del dramma assalteranno quelli finti della commedia e gli spettatori che cercheranno di interporsi. E la rappresentazione della commedia non potrà più, allora, aver luogo.*

Intanto per questo primo intermezzo si raccomanda sopra tutto la naturalezza più volubile e la più fluida vivacità. È ormai noto a tutti che a ogni fin d'atto delle irritanti commedie di Pirandello debbano avvenire discussioni e contrasti. Chi le difende abbia di fronte agli irriducibili avversarii quell'umiltà sorridente che di solito ha il mirabile effetto d'irritare di più.

E prima si formino varii crocchi; e dall'uno all'altro si spicchi di tanto in tanto qualcuno in cerca di lume. Giova e diverte veder cambiare a vista d'opinione, due o tre volte, dopo aver colto a volo due o tre opposti pareri. Qualche spettatore pacifico fumerà, e fumerà la sua noja, se annojato; i suoi dubbi, se dubbioso; poiché il vizio del fumo, come ogni altro vizio divenuto abituale, ha questo di triste, che non dà più, se non raramente, gusto per sé, ma prende qualità dal momento in cui si soddisfa e dall'animo con cui si soddisfa. Potranno così fumare, se vogliono, anche gli irritati, e ridurranno in fumo la loro irritazione.

Tra la folla, i pennacchi di due carabinieri. Qualche maschera, qualche uscere del teatro; due o tre donne dei palchi vestite di nero e con grembiulino bianco. Qualche giornalajo griderà i titoli dei giornali. Nei crocchi, qua e là, anche qualche signora. Non vorrei che fumasse. Ma forse più di una fumerà. Altre si vedranno andar per visita da un palco all'altro.

I cinque critici drammatici si manterranno dapprima, specie se interrogati, molto riservati nel giudizio. Si saranno messi insieme, a poco a poco, per scambiarsi le prime impressioni. Gli amici indiscreti che s'accosteranno a udire, attrarranno subito molti curiosi, e allora i critici o taceranno o s'allontaneranno. Non è escluso che qualcuno di loro che dirà peste e vituperii della commedia e dell'autore qua nel corridojo, non ne debba poi dir bene il giorno dopo sul suo gior-

nale. Tanto è vero che altro è la professione, altro l'uomo che la professa per ragioni di convenienza che lo costringano a sacrificare la propria sincerità (questo, s'intende, quando il sacrificio sia possibile: che egli abbia, voglio dire, una sincerità da sacrificare). E parimenti potranno mostrarsi denigratori accaniti quegli stessi spettatori che avranno applaudito nella sala il primo atto della commedia.

Facilmente si potrebbe recitare a soggetto questo primo intermezzo corale, tanto ormai son noti e ripetuti i giudizii che si dànno indistintamente di tutte le commedie di questo autore: «cerebrali», «paradossali», «oscure», «assurde», «inverosimili». Tuttavia, saranno qui segnate le battute più importanti dell'uno e dell'altro degli attori momentanei di questo intermezzo, senza esclusione di quelle che potranno essere improvvisate per tener viva la confusa agitazione del corridojo.

Dapprima, brevi esclamazioni, domande, risposte di spettatori indifferenti, che usciranno per i primi, mentre dall'interno si sentirà il sordo fragorìo della platea.

TRA DUE CHE ESCONO IN FRETTA   Vado su, vado su a trovarlo!
– Seconda fila, numero otto! Ma diglielo, mi raccomando!

S'avvierà per la sinistra.

Non dubitare, lasciami fare!
UNO CHE SOPRAVVIENE DA SINISTRA   Oh, hai poi trovato posto?
QUELLO CHE SE NE VA IN FRETTA   Come vedi! A rivederci, a rivederci.

Via.

Intanto altri sopravverranno da sinistra, dove sarà pure

un gran vociare; altri sboccheranno dall'entrata delle poltrone; altri verranno fuori dagli uscioli dei palchi.

UNO QUALUNQUE   Che sala, eh?
UN ALTRO   Magnifica! Magnifica!
UN TERZO   Ma non hai visto se sono venute?
UN QUARTO   No no: non credo.

*Scambio di saluti qua e là: «Buona sera! Buona sera!».
– Frasi aliene. Qualche presentazione. Intanto, spettatori favorevoli all'autore, coi volti accesi e gli occhi brillanti, si cercheranno tra loro e staranno un po' insieme a scambiarsi le prime impressioni, per poi sparpagliarsi qua e là, accostandosi a questo o a quel crocchio a difendere la commedia e l'autore, con petulanza e con ironia, dalle critiche degli avversarii irreconciliabili che, nel frattempo, si saranno anch'essi cercati tra loro.*

I FAVOREVOLI   Ah, eccoci qua!
– Pronti!
– Ma va benissimo, mi pare!
– Ah, si respira finalmente!
– Quell'ultima scena con la donna!
– E lei, lei, la donna!
– E la scena di quei due che voltano da così a così!
I CONTRARI (*contemporaneamente*)   – Le solite sciarade! Va' e sappi tu che voglia dire!
– È un prendere in giro la gente!
– Mi pare che cominci a fidarsi un po' troppo, oramai!
– Io non ci ho capito nulla!
– Il giuoco degli enimmi!
– Se il teatro, dico, deve ridursi un supplizio!
UNO DEI CONTRARI (*al crocchio dei favorevoli*)   Voi, già, capite tutto, eh?
UN ALTRO DEI CONTRARI   Eh, si sa! tutti intelligenti, quelli là!

UNO DEI FAVOREVOLI (*accostandosi*) Lei dice a me?
IL PRIMO DEI CONTRARI Non a lei. Dico a quello!

Ne indicherà uno...

L'INDICATO (*avanzandosi*) A me? dici a me?
IL PRIMO DEI CONTRARI A te! a te! Ma se tu non capiresti neanche *I due sergenti*, caro mio!
L'INDICATO Già, perché tu capisci bene che questa è roba da buttar in là col piede, è vero? così, come un ciottolo per via!
VOCI DI UN CROCCHIO VICINO — Ma che volete che ci sia da capire, scusate; non avete inteso? Nessuno sa niente!
— Stai a sentire; che è, che non è, dicevano una cosa e te ne dicono un'altra!
— Pare una burla!
— E tutti quei discorsi a principio?
— Per non concludere nulla!
QUELLO CHE SI SPICCA (*andando a un altro crocchio*) Pare una burla già! Nessuno sa nulla!
VOCI DI UN ALTRO CROCCHIO E certo però che interessa!
— Oh Dio mio, ma questo girar sempre sullo stesso pernio!
— Ah no, non direi!
— Se è tutto un modo d'intendere, di concepire!
— L'ha espresso? E dunque basta!
— Basta, basta, sì! Non se ne può più!
— Ma se avete applaudito! Tu, tu, sì: t'ho visto io!
— Può aver pure tante facce, una concezione, scusate: se è totale, della vita!
— Ma che concezione? Mi sai dire in che consiste quest'atto?
— Oh bella! E se non volesse consistere? Se volesse mostrare appunto l'inconsistenza delle opinioni, dei sentimenti?
QUELLO CHE SI SPICCA (*andando a un altro crocchio*) Già!

È questo, ecco! Forse non vuole consistere! Apposta, apposta; capite? È la commedia dell'inconsistenza.
VOCI D'UN TERZO CROCCHIO (*attorno ai critici drammatici*) – Ma sono pazzie! Ma dove siamo!
– Voi che siete critici di professione, illuminateci.
PRIMO CRITICO   Mah! L'atto è vario. C'è forse del superfluo.
UNO DEL CROCCHIO   Tutta quella disquisizione sulla coscienza!
SECONDO CRITICO   Signori miei, siamo ancora al primo atto!
TERZO CRITICO   Ma diciamo la verità! Vi par lecito, scusate, distruggere così il carattere dei personaggi? condurre l'azione a vento, senza né capo né coda? ripigliare il dramma, come a caso, da una discussione?
QUARTO CRITICO   Ma la discussione è appunto su questo dramma. È il dramma stesso!
SECONDO CRITICO   Che appare del resto vivo, in fine, nella donna!
TERZO CRITICO   Ma io vorrei vedere rappresentato il dramma, e basta!
UNO DEI FAVOREVOLI   E la donna è disegnata benissimo!
UNO DEI CONTRARI   Dici piuttosto che l'ha resa a meraviglia la...

nominerà l'attrice che avrà fatto la parte della Morello.

QUELLO CHE SI SPICCA (*ritornando al primo crocchio*)   Il dramma però è vivo, vivo nella donna! Questo è innegabile! Lo dicono tutti!
UNO DEL PRIMO CROCCHIO (*rispondendogli, indignato*)   Ma va' là! Se è tutta una matassa arruffata di contraddizioni!
UN ALTRO (*investendolo a sua volta*)   E la solita casistica! Non se ne può più!
UN TERZO (*c. s.*)   Tutte, tutte trappole dialettiche! Acrobatismi cerebrali!

QUELLO CHE SI SPICCA (*allontanandosi per accostarsi al secondo crocchio*) Eh sì, veramente sì, la solita casistica! È innegabile. Lo dicono tutti!

QUARTO CRITICO (*al terzo*) Ma che caratteri, ormai, fammi il piacere! dove li trovi nella vita, i caratteri?

TERZO CRITICO Oh bella! Per il solo fatto che esiste la parola!

QUARTO CRITICO Parole, appunto, parole, di cui si vuol mostrare l'inconsistenza!

QUINTO CRITICO Ma io domando, ecco, se il teatro che, salvo errore, dev'esser arte –

UNO DEI CONTRARI – benissimo! poesia! poesia!

QUINTO CRITICO – debba essere invece controversia – ammirevole, sì, non dico di no – contrasto, urto d'opposti ragionamenti, ecco!

UNO DEI FAVOREVOLI Ma si fanno qua, mi pare, i ragionamenti! Sul palcoscenico non me ne sono accorto! Se per voi è ragionamento la passione che sragiona...

UNO DEI CONTRARI Qua c'è un illustre autore: dica lei! dica lei!

IL VECCHIO AUTORE FALLITO Ah, per me, lo volete, tenetevelo! Quel che ne penso lo sapete.

VOCI No, dica! dica!

IL VECCHIO AUTORE FALLITO Ma piccole sollecitudini intellettuali, signori miei, di quelle... di quelle... – come vorrei dire? – problemucci filosofici da quattro al soldo!

QUARTO CRITICO Ah questo poi no!

IL VECCHIO AUTORE FALLITO (*grandeggiando*) E nessun profondo travaglio di spirito, che nasca da forze ingenue e veramente persuasive!

QUARTO CRITICO Ah sì, le conosciamo! le conosciamo, codeste forze ingenue e persuasive!

UN LETTERATO CHE SDEGNA DI SCRIVERE Quello che, secondo me, offende sopra tutto è il poco garbo – ecco.

IL SECONDO CRITICO Ma no; anzi, questa volta mi pare che circoli nell'atto un po' più d'aria del solito!

IL LETTERATO CHE SDEGNA DI SCRIVERE Ma nessuna vera

discrezione artistica, via! A scrivere, così, saremmo tutti buoni!

QUARTO CRITICO Io, per me, non voglio anticipare il giudizio, ma vedo lampi, guizzi. Ecco, ho l'impressione come d'uno sbarbagliare di specchio impazzito.

Da sinistra arriverà a questo punto il clamore violento, come d'un tumulto. Si griderà: – «Sì, manicomio, manicomio!» – «Macchina! Trucco! trucco!» – «Manicomio! manicomio!» – Molti accorreranno gridando: «Che avviene di là?».

LO SPETTATORE IRRITATO Ma possibile che a ogni prima di Pirandello debba avvenire il finimondo?

LO SPETTATORE PACIFICO Speriamo che non si bastonino!

UNO DEI FAVOREVOLI Oh badate che è una bella sorte davvero! Quando venite ad ascoltare le commedie degli altri autori, vi abbandonate sulla vostra poltrona, vi disponete ad accogliere l'illusione che la scena vi vuol creare, se riesce a crearvela! Quando venite invece ad ascoltare una commedia di Pirandello, afferrate con tutte e due le mani i bracciuoli della poltrona, così, vi mettete – così – con la testa come pronta a cozzare, a respingere a tutti i costi quel che l'autore vi dice. Sentite una parola qualunque – che so? «sedia» – ah perdio, senti?, ha detto «sedia»; ma a me non me la fa! Chi sa che cosa ci sarà sotto a codesta sedia!

UNO DEI CONTRARI Ah, tutto, tutto – d'accordo! – tranne un po' di poesia però!

ALTRI CONTRARI Benissimo! benissimo! E noi vogliamo un po' di poesia! di poesia!

UN ALTRO DEI FAVOREVOLI Sì, andate a cercarla sotto i sediolini degli altri, la poesia!

I CONTRARI Ma basta con questo nihilismo spasmodico!
– E questa voluttà d'annientamento!
– Negare non è costruire!

IL PRIMO DEI FAVOREVOLI (*investendo*) Chi nega? Negate voi!

UNO DEGLI INVESTITI Noi? Non abbiamo mai detto, noi, che la realtà non esiste!

IL PRIMO DEI FAVOREVOLI E chi ve la nega, la vostra, se siete riusciti a crearvela?

UN SECONDO La negate voi agli altri, dicendo che è una sola –

IL PRIMO – quella che pare a voi, oggi –

IL SECONDO – e dimenticando che jeri vi pareva un'altra!

IL PRIMO Perché la avete dagli altri, voi, come una convenzione qualunque, parola vuota: *monte*, *albero*, *strada*, credete che ci sia una «data» realtà; e vi sembra una frode se altri vi scopre ch'era invece un'illusione! Sciocchi! Qua s'insegna che ciascuno se lo deve costruire da sé il terreno sotto i piedi; volta per volta, per ogni passo che vogliamo dare, facendovi crollare quello che non v'appartiene, perché non ve l'eravate costruito da voi e ci camminavate da parassiti, da parassiti, rimpiangendo l'antica poesia perduta!

IL BARONE NUTI (*che sarà sopravvenuto da sinistra, pallido, contraffatto, fremente, in compagnia di altri due spettatori, che cercheranno di trattenerlo*) E un'altra cosa però mi pare che s'insegni qua, caro signore: a calpestare i morti e a calunniare i vivi!

UNO DEI DUE CHE L'ACCOMPAGNANO (*subito, prendendolo sotto il braccio per trascinarlo via*) Ma no, vieni via! vieni via!

L'ALTRO ACCOMPAGNATORE (*contemporaneamente c. s.*) Andiamo, andiamo! Per carità, lascia andare!

IL BARONE NUTI (*mentre se lo trascineranno verso sinistra, si volterà a ripetere convulso*) Calpestare i morti e calunniare i vivi!

VOCI DI CURIOSI (*tra la sorpresa generale*) – Ma chi è? – Chi è? – Che faccia, oh! – Pare un morto! –
– Un pazzo! – Chi sarà?

LO SPETTATORE MONDANO È il barone Nuti! il barone Nuti!
VOCI DI CURIOSI – E chi lo conosce? – ll barone Nuti? – Perché ha detto così?
LO SPETTATORE MONDANO Ma come! Nessuno ha capito ancora che la commedia è *a chiave*?
UNO DEI CRITICI A chiave? Come, a chiave?
LO SPETTATORE MONDANO Ma sì! Il caso della Moreno! Tal quale! Tolto di peso dalla vita!
VOCI – Della Moreno?
– E chi è?
– Eh via! La Moreno, l'attrice che è stata in Germania tanto tempo!
– Tutti sanno chi è, a Torino!
– Ah già! Quella del suicidio dello scultore La Vela, avvenuto qualche mese fa!
– Oh guarda! guarda! E Pirandello?
– Ma come! Pirandello si mette a scrivere adesso commedie a chiave?
– Pare! eh, pare!
– Non è la prima volta!
– Ma è legittimo trarre dalla vita l'argomento di un'opera d'arte!
– Già, quando con essa, come ha detto quel signore, non si calpestino i morti e non si calunnino i vivi!
– Ma quel Nuti chi è?
LO SPETTATORE MONDANO Quello per cui s'è ucciso il La Vela! E che doveva essere appunto suo cognato!
UN ALTRO DEI CRITICI Perché si mise veramente con la Moreno? alla vigilia delle nozze?
UNO DEI CONTRARI Ma allora il fatto è identico! È enorme, perdio!
UN ALTRO E ci sono dunque in teatro gli attori del dramma vero, della vita?
UN TERZO (*alludendo al Nuti e indicando perciò verso sinistra*) Eccolo là, uno!
LO SPETTATORE MONDANO E la Moreno è su, nascosta in

un palchetto di terza fila! S'è riconosciuta subito nella commedia! La tengono, la tengono, perché pare veramente impazzita! Ha lacerato coi denti tre fazzoletti! Griderà, vedrete! Farà qualche scandalo!

VOCI   Sfido! Ha ragione!
– A vedersi messa in commedia!
– Il proprio caso sul palcoscenico!
– E anche quell'altro! Perdio, m'ha fatto paura!
– Ah, finisce male! finisce male!

Si sentiranno squillare i campanelli che annunziano la ripresa della rappresentazione.

– Oh suonano! suonano!
– Comincia il secondo atto!
– Andiamo a sentire! andiamo a sentire!

Movimento generale verso l'interno della sala, con sommessi confusi commenti alla notizia che man mano si diffonde. Resteranno un po' indietro tre dei favorevoli, in tempo per assistere, nel corridojo già sgombrato dal pubblico, all'irruzione da sinistra della Moreno, scesa dal suo palchetto di terza fila e trattenuta da tre amici che vorrebbero condurla fuori del teatro per impedirle di fare uno scandalo. Gli usceri del teatro, dapprima impressionati, faranno poi cenni di tacere perché non sia disturbata la rappresentazione. I tre spettatori favorevoli si terranno in disparte ad ascoltare, stupiti e costernati.

LA MORENO   No, no, lasciatemi! lasciatemi!
UNO DEGLI AMICI   Ma è una pazzia! Che vorreste fare?
LA MORENO   Voglio andare sul palcoscenico!
L'ALTRO   Ma a far che? Siete pazza?
LA MORENO   Lasciatemi!
IL TERZO   Andiamo via piuttosto!
GLI ALTRI DUE   Sì, sì, via! via! Lasciatevi persuadere!

LA MORENO   No! Voglio punire, debbo punire quest'infamia!
IL PRIMO   Ma come? Davanti a tutto il pubblico?
LA MORENO   Sul palcoscenico!
IL SECONDO   Ah no, perdio! Non vi lasceremo commettere questa pazzia!
LA MORENO   Lasciatemi, vi dico! Voglio andare sul palcoscenico!
IL TERZO   Ma gli attori sono già in iscena!
IL PRIMO   Il second'atto è cominciato!
LA MORENO   (*subito, cambiando*)   È cominciato? Voglio sentire allora! Voglio sentire!

E farà per ritornare verso sinistra.

GLI AMICI   – Ma no, andiamocene! – Date ascolto a noi! – Sì, sì, via! via!
LA MORENO   (*trascinandoseli dietro*)   No, risaliamo! risaliamo in palco, subito! Voglio sentire! Voglio sentire!
UNO DEGLI AMICI   (*mentre scompariranno da sinistra*)   Ma perché volete seguitare a straziarvi?
UNO DEGLI USCERI   (*ai tre spettatori favorevoli*)   Son matti?
IL PRIMO D'EI FAVOREVOLI   (*agli altri due*)   Avete capito?
IL SECONDO   E la Moreno?
IL TERZO   Ma dite un po', Pirandello è sul palcoscenico?
IL PRIMO   Io scappo a dirgli che se ne vada. Questa sera non finisce bene certamente!

Tela

ATTO SECONDO

Siamo in casa di Francesco Savio, la mattina dopo; in una saletta di passaggio che dà su una spaziosa veranda, di cui il Savio si serve per tirarvi di scherma. Si vedranno perciò in essa, attraverso la grande vetrata che prenderà quasi tutta la parete di fondo della saletta, una pedana, una lunga panca per gli amici tiratori e spettatori, e poi maschere, guantoni, piastroni, fioretti, sciabole. Un tendone di tela verde, scorrendo sugli anelli dalla parte interna, tirato di qua e di là dall'uscio che sta in mezzo, potrà nascondere la veranda e appartare la saletta. Un altro tendone della stessa tela, sorretto da bacchette di ferro imbasate sulla balaustrata in fondo, escluderà la veranda dalla vista del giardino che si suppone di là da esso e che s'intravvederà un poco, allorché qualcuno, per scendervi, scosterà nel mezzo il tendone che cade anche sulla lunghezza della scalinata. La saletta di passaggio avrà per mobili soltanto alcune sedie a sdrajo di giunco laccato verde e due divanetti e due tavolinetti anch'essi di giunco. Due sole aperture: una finestra a sinistra e un uscio a destra, oltre quello che dà sulla veranda.

Al levarsi della tela si vedranno nella veranda Francesco Savio e il Maestro di scherma con le maschere, i piastroni e i guanti, che tirano di spada, e Prestino e altri Due Amici che stanno a guardare.

IL MAESTRO   Allarghi, allarghi l'invito! – Attento a questa cavazione! – Bravo! Bella inquartata! – Attento ora: arresto! opposizione! – La finisca con codesti appelli, e lasci le finte! – Badi alla risposta! – Alt!

Smetteranno di tirare.

Una buona uscita in tempo; sì.

Si leveranno le maschere.

FRANCESCO   E basta. Grazie, Maestro.

Gli stringerà la mano.

PRESTINO   Basta, basta, sì!
IL MAESTRO (*levandosi il guanto e poi il piastrone*)   Ma vedrà che non le riuscirà facile con Palegari che, quando propone, prevede –
IL PRIMO DEGLI AMICI   – e para a perfezione, stai attento!
L'ALTRO   Ha un'azione vivacissima! Eh, altro!
FRANCESCO   Ma sì, lo so!

Si toglierà anche lui il guanto e il piastrone.

IL PRIMO DEGLI AMICI   Tu destreggia, destreggia!
IL MAESTRO   E ne cerchi il ferro di continuo.
FRANCESCO   Lasci fare, lasci fare.
L'ALTRO   L'unica, se ti vien fatto, è di tirare una imbroccata!
IL PRIMO   No: un colpo d'arresto, un colpo d'arresto sarebbe il meglio, da' ascolto a me: vedrai che si infila!
IL MAESTRO   Mi compiaccio intanto con lei: ha bellissime cavate.
PRESTINO   Segui il mio consiglio: non proporti nulla. Ve la caverete al solito con un polsino. Dacci da bere, piuttosto, alla tua salute.

Verrà con gli altri nella saletta.

FRANCESCO   Sì, sì, ecco.

Premerà alla parete un campanello elettrico; poi rivolgendosi al maestro:

Lei, Maestro, desidera?
IL MAESTRO   Ah, io niente. Non bevo mai di mattina.
FRANCESCO   Ho un'ottima birra.
PRESTINO   Bravo, sì!
IL PRIMO   Vada per la birra!

Si presenterà sull'uscio di destra il Cameriere.

FRANCESCO   Portaci subito qualche bottiglia di birra.

Il Cameriere si ritirerà per ritornare poco dopo con una bottiglia e varii bicchieri in un vassojo: mescerà, servirà e si ritirerà.

IL PRIMO   Sarà il più buffo duello di questo mondo, te ne puoi vantare!
L'ALTRO   Già! Credo che non si sia mai dato il caso di due che si battono perché disposti a darsi reciprocamente ragione.
PRESTINO   Ma naturalissimo!
IL PRIMO   No: come, naturalissimo?
PRESTINO   Erano su due vie opposte; si sono voltati tutt'e due a un tempo per venir ciascuno sulla via dell'altro, e per forza allora si sono scontrati – urtati –
IL MAESTRO   – certo! Se chi prima accusava ora voleva difendere, e viceversa; servendosi l'uno delle ragioni dell'altro –
IL PRIMO   – ne siete sicuri?
FRANCESCO   Ti prego di credere che ero andato a lui col cuore in mano, e –
IL PRIMO   – non per la considerazione? –
FRANCESCO   – no, no – alieno –
IL PRIMO   – no, dico, che avevi commesso inavvertitamen-

te uno sproposito accusando con tanto accanimento la Morello? –

FRANCESCO – ma no! Se io –

IL PRIMO – aspetta, santo Dio! – dico, senza tener conto di ciò che saltava evidentissimo agli occhi di tutti, quella sera? –

L'ALTRO – che lui la difendeva perché ne è innamorato?

FRANCESCO – ma nient'affatto! – E appunto per questo è avvenuto l'urto tra noi due! Per non aver fatto questa considerazione né prima né dopo. Si fa la figura degli imbecilli... E poi si è giudicati così, per esserci lasciati cogliere in un momento – in un atto spontaneo – che sta portando ora tutte queste ridicole conseguenze. – Contavo di andare oggi a riposarmi in campagna da mia sorella e mio cognato che m'aspettano!

PRESTINO Aveva discusso la sera avanti spassionatamente –

FRANCESCO – senza veder altro, vi giuro, che le mie ragioni, e senza il minimo sospetto che potesse esserci in lui un sentimento segreto!

L'ALTRO Ma c'è poi davvero?

IL PRIMO C'è! c'è!

PRESTINO Dev'esserci di sicuro!

FRANCESCO Se l'avessi sospettato non sarei andato a casa sua a riconoscere le sue ragioni, con la certezza che l'avrei irritato!

L'ALTRO (*con forza*) Io volevo – aspettate! – io volevo dire intanto –

resterà in tronco, smarrito, tutti lo guarderanno, sospesi.

IL PRIMO (*dopo avere atteso un po'*) – che cosa? –

L'ALTRO – una cosa... Oh perdio! non ricordo più.

Si presenterà a questo punto sulla soglia dell'uscio a destra Diego Cinci.

DIEGO Permesso?
FRANCESCO (*restando*) Oh! Diego... tu?
PRESTINO Non ti manda nessuno?
DIEGO (*scrollandosi*) Chi vuoi che mi mandi? – Buon giorno, Maestro.
IL MAESTRO Buon giorno, caro Cinci... Ma io vado.

Stringendo la mano al Savio:

A rivederla domattina, caro Savio. E stia tranquillo, eh?
FRANCESCO Tranquillissimo, non dubiti. Grazie.
IL MAESTRO (*agli altri, salutando*) Signori, mi dispiace lasciar la compagnia; ma debbo andare.

Gli altri risponderanno al saluto.

FRANCESCO Guardi, Maestro, se vuole, può andar via di qua –

indicherà l'uscio della veranda

– scosti la tenda là in fondo; c'è la scalinata; sarà subito in giardino.
IL MAESTRO Ah grazie: farò così. Buon giorno a tutti.

Via.

IL PRIMO (*a Diego*) Ci aspettavamo che tu facessi da padrino a Doro Palegari.
DIEGO (*farà prima segno di no, col dito*) Non ho voluto. Mi son trovato in mezzo, jersera. Amico dell'uno e dell'altro, ho voluto restare estraneo.
L'ALTRO E perché sei venuto adesso?
DIEGO Per dire che sono felicissimo che vi battiate.
PRESTINO Felicissimo è troppo!

Gli altri rideranno.

DIEGO E vorrei che si ferissero, tutti e due, senza serie conseguenze. Un piccolo salasso sarebbe salutare. E poi almeno si vede, una feritina; è cosa di cui si può esser certi: due, tre centimetri, cinque...

Prenderà un braccio a Francesco e gli solleverà un poco la manica.

Ti scopri il polso. Non ci hai niente. E domattina ce l'avrai, qua, una bella feritina, che te la potrai contemplare.
FRANCESCO Grazie della bella consolazione!

Gli altri torneranno a ridere.

DIEGO (*subito*) E anche lui, speriamo! anche lui – non bisogna essere egoisti! – Vi faccio sbalordire. Sapete che visita ha voluto Palegari dopo che tu te ne sei andato e io ti son corso dietro?
PRESTINO Di Delia Morello?
L'ALTRO Sarà andata a ringraziarlo della difesa!
DIEGO Già. Se non che – conosciuta la ragione per cui tu la accusavi – sai che ha fatto?
FRANCESCO Che ha fatto?
DIEGO Ha riconosciuta giusta la tua accusa.
FRANCESCO, PRESTINO E IL PRIMO (*a un tempo*) – Ah sì? – Oh bella! – E lui, Doro?
DIEGO Potete figurarvi come sia rimasto.
L'ALTRO Non deve saper più, ormai, perché si batte!
FRANCESCO No: questo lo sa! Si batte perché m'ha insultato, in tua presenza; quando io, come dicevo qua agli amici e come tu stesso hai potuto vedere, sinceramente ero andato da lui per riconoscere che aveva ragione.
DIEGO E ora?
FRANCESCO Ora, che cosa?
DIEGO Ora che sai che Delia Morello dà invece ragione a te?
FRANCESCO Ah, ora – se lei stessa...

DIEGO No, caro! no, caro! Sostieni la tua parte, perché ora più che mai è da difendere Delia Morello! E devi difenderla proprio tu che prima l'accusavi!
PRESTINO Contro lei stessa che s'accusa davanti a chi prima voleva difenderla?
DIEGO Appunto, appunto per questo! La mia ammirazione per lei s'è centuplicata appena ho saputo questo!

Di scatto voltandosi a Francesco:

– Chi sei tu?

A Prestino:

– Chi sei tu? – Chi sono io? – Tutti quanti, qua? – Tu ti chiami Francesco Savio; io Diego Cinci; tu, Prestino. – Sappiamo di noi reciprocamente e ciascuno sa di sé qualche piccola certezza d'oggi, che non è quella di jeri, che non sarà quella di domani –

a Francesco

tu vivi di rendita e t'annoi –
FRANCESCO – no: chi te lo dice? –
DIEGO – non t'annoi? Tanto meglio – Io mi sono ridotto l'anima, a furia di scavare, una tana di talpa.

A Prestino:

Tu che fai?
PRESTINO Niente.
DIEGO Bella professione! – Ma anche quelli che lavorano, cari miei, la gente seria, tutti, tutti quanti: la vita, dentro e fuori di noi – andateci, andateci appresso! – è una tale rapina continua, che se non han forza di resistervi neppure gli affetti più saldi, figuratevi le opinioni, le finzioni che riusciamo a formarci, tutte le idee che appena appe-

na, in questa fuga senza requie, riusciamo a intravedere! Basta che si venga a sapere una cosa contraria a quella che sapevamo, Tizio era bianco? e diventa nero; o che si abbia un'impressione diversa, da un'ora all'altra; o una parola basta tante volte, detta con questo o con quel tono. E poi le immagini di cento cose che ci attraversano di continuo la mente e che, senza saperlo, ci fanno d'improvviso cangiar d'umore. Andiamo tristi per una strada già invasa dall'ombra della sera; basta alzar gli occhi a una loggetta ancora accesa di sole, con un geranio rosso che brucia in quel sole e – chi sa che sogno lontano c'intenerisce a un tratto...

PRESTINO   E che vuoi concludere con questo?

DIEGO   Niente. Che vuoi concludere, se è così? Per toccare qualche cosa e tenerti fermo, ricaschi nell'afflizione e nella noja della tua piccola certezza di oggi, di quel poco che, a buon conto, riesci a sapere di te: del nome che hai, di quanto hai in tasca, della casa che abiti: le tue abitudini, i tuoi affetti – tutto il consueto della tua esistenza – col tuo povero corpo che ancora si muove e può seguire il flusso della vita, fino a tanto che il movimento, che a mano mano si va rallentando e irrigidendo sempre più con la vecchiaja, non cesserà del tutto, e buonanotte!

FRANCESCO   Ma tu stavi parlando di Delia Morello –

DIEGO   – ah, sì – per dirvi tutta la mia ammirazione – e che almeno è una gioja – una bella gioja spaventosa – quando, investiti dal flusso in un momento di tempesta, assistiamo al crollo di tutte quelle forme fittizie in cui s'era rappresa la nostra sciocca vita quotidiana; e sotto gli argini, oltre i limiti che ci eran serviti per comporci comunque una coscienza, per costruirci una personalità qualsiasi, vediamo anche quel tanto del flusso che non ci scorreva dentro ignoto, che ci si scopriva distinto perché lo avevamo incanalato con cura nei nostri affetti, nei doveri che ci eravamo imposti, nelle abitudini che ci eravamo tracciate, straripare in una magnifica piena vorticosa

e sconvolgere e travolgere tutto. – Ah, finalmente! – L'uragano, l'eruzione, il terremoto!
TUTTI (*a coro*) – Ti sembra bello? – Ah, grazie tante! – Alla larga! – Dio ci scampi e liberi!
DIEGO Cari miei, dopo la farsa della volubilità, dei nostri ridicoli mutamenti, la tragedia di un'anima scompigliata, che non sa più come raccapezzarsi!
– E non è lei sola. –

A Francesco:

Vedrai che ti piomberanno addosso qua, come due ire di Dio, l'una e l'altro –
FRANCESCO – l'altro? chi? Michele Rocca?
DIEGO Lui, lui: Michele Rocca.
IL PRIMO È arrivato jersera da Napoli!
L'ALTRO Ah, ecco! Ho saputo che cercava Palegari per schiaffeggiarlo – volevo dirvi questo poco fa! Cercava Palegari per schiaffeggiarlo!
PRESTINO Ma sì, già lo sapevamo! –

A Francesco:

Te l'avevo detto.
FRANCESCO (*a Diego*) E perché dovrebbe venire qua da me, adesso?
DIEGO Perché vuol battersi lui, prima di te, con Doro Palegari. Ma ora – eh già! dovrebbe battersi con te, invece – ora –
FRANCESCO – con me? –
GLI ALTRI INSIEME – come? come?
DIEGO – eh sì! se tu sinceramente ti sei ricreduto, facendo tuoi, dunque, tutti i vituperii scagliati da Palegari contro di lui, in casa Avanzi – è chiaro! – invertite le parti – Rocca ora dovrebbe schiaffeggiar te.
FRANCESCO Piano! piano! che diavolo dici?

DIEGO Scusa: tu ti batti con Doro soltanto perché t'ha insultato, è vero? – Ora perché t'ha insultato Doro?
IL PRIMO E L'ALTRO (*senza lasciarlo finire*) – Eh già sì! è giusto! – Diego ha ragione!
DIEGO Invertite le parti, tu resti a difender Delia Morello, incolpando perciò di tutto Michele Rocca.
PRESTINO (*urtato*) Ma non scherzare!
DIEGO Scherzo?

A Francesco:

Per conto mio ti puoi vantare di stare dalla parte della ragione.
FRANCESCO E vuoi che mi batta anche con Michele Rocca?
DIEGO Ah, no? L'affare allora diventerebbe veramente serio. La disperazione di questo disgraziato –
IL PRIMO – col cadavere del Salvi tra lui e la sorella sua fidanzata –
L'ALTRO – il matrimonio andato a monte –
DIEGO – e Delia Morello che se l'è giocato!
FRANCESCO (*con irritazione irrompente*) Come, «giocato»? Ah, tu dici ora «giocato»?
DIEGO Che si sia servita di lui, è innegabile –
FRANCESCO – perfidamente dunque – come sostenevo io prima!
DIEGO (*con riprovazione per arrestarlo*) Àh-àh-àh-àh-àh, no, senti: l'irritazione che provi per l'impiccio in cui ti sei cacciato, non deve ora farti cangiare un'altra volta!
FRANCESCO Ma nient'affatto! Scusa, hai detto tu stesso che è andata a confessare a Doro Palegari che avevo indovinato io, accusandola di perfidia!
DIEGO Lo vedi? lo vedi?
FRANCESCO Che vedo, fammi il piacere! Se vengo a sapere che lei stessa s'accusa da sé e mi dà ragione, sicuro che cambio e ritorno alla mia prima opinione!

Rivolgendosi agli altri:

Non vi pare? Non vi pare?
DIEGO (*con forza*) Ma io ti dico che s'è servita di lui – sì, magari perfidamente, come tu vuoi – solo per liberare Giorgio Salvi dal pericolo di sposarla! Tu capisci? Non puoi assolutamente sostenere che sia stata perfida anche contro il Salvi – questo no! – e sono pronto a difenderla io, anche se lei stessa si accusa; contro lei stessa – sì, sì –
FRANCESCO (*concedendo irritato*) – per tutte le ragioni – va bene – per tutte le ragioni trovate da Doro Palegari –
DIEGO – per cui tu ti sei –
FRANCESCO – ricreduto, va bene, ricreduto. Ma resta che con Rocca intanto fu veramente perfida!
DIEGO Fu donna! lascia andare! Egli le andò incontro con l'aria di giocarsela, e lei allora si giocò lui! Ecco quello che sopratutto cuoce a Michele Rocca: la mortificazione del suo amor proprio maschile! Non vuole ancora rassegnarsi a confessare d'essere stato un giocattolo sciocco in mano a una donna: un pagliaccetto che Delia Morello buttò via in un canto, fracassandolo, dopo essersi spassata a fargli aprire e chiudere le braccia in atto di preghiera, premendogli con un dito sul petto la molla a mantice della passione. S'è rimesso su, il pagliaccetto: la faccina, le manine di porcellana, ridotte una pietà: senza dita, le manine; la faccina, senza naso, tutta crepe, scheggiata: la molla del petto ha forato il giubbetto di raso rosso, è scattata fuori, rotta; eppure, no, ecco; il pagliaccetto grida di no, che non è vero che quella donna gli ha fatto aprire e chiudere le braccia per riderne e che, dopo averne riso, l'ha fracassato: dice di no! di no! – Io vi domando se ci può essere uno spettacolo più commovente di questo!
PRESTINO (*scattando e venendogli quasi con le mani in faccia*) E perché allora ne vorresti far ridere, buffone?
DIEGO (*restando, con gli altri che mirano Prestino, sbalorditi*) Io?

PRESTINO   Tu! tu, sì! Dacché sei entrato, fai qua il buffone, tentando di mettere in berlina lui, me, tutti!
DIEGO   Ma anche me, sciocco!
PRESTINO   Sciocco tu! È facile ridere così! Rappresentandoci come tanti mulinelli che, soffia un po' di vento, e girano per il verso opposto! Non posso sentirlo parlare! Che so? Mi pare che si bruci l'anima, parlando, come certe false tinte bruciano le stoffe.
DIEGO   Ma no, caro, io rido, perché –
PRESTINO   – perché ti sei scavato il cuore come una tana di talpa: l'hai detto tu stesso; e non ci hai più nulla dentro – ecco perché!
DIEGO   Lo credi tu!
PRESTINO   Lo credo perché è vero! – E anche se fosse vero quello che tu dici, che siamo così, mi pare che dovrebbe ispirar tristezza, compassione –
DIEGO (*scattando a sua volta, aggressivo, posandogli le mani sulle spalle e guardandolo negli occhi, fisso, da vicino*)   – sì – se ti fai guardar così –
PRESTINO (*restando*)   – come?
DIEGO   – così, dentro gli occhi – così! – no – guardami – così – nudo come sei, con tutte le miserie e le brutture che hai dentro – tu come me – le paure, i rimorsi, le contraddizioni! – Staccalo da te il pagliaccetto che ti fabbrichi con l'interpretazione fittizia dei tuoi atti e dei tuoi sentimenti, e t'accorgerai subito che non ha nulla da vedere con ciò che sei o puoi essere veramente, con ciò che è in te e che tu non sai, e che è un dio terribile, bada, se ti opponi a esso, ma che diventa invece subito pietoso d'ogni tua colpa se t'abbandoni e non ti vuoi scusare. – Eh, ma quest'abbandono ci sembra un «negarci», cosa indegna di un uomo; e sarà sempre così, finché crediamo che l'umanità consista nella così detta coscienza – o nel coraggio che abbiamo dimostrato una volta, invece che nella paura che ci ha consigliato tante volte d'esser prudenti. – Tu hai accettato di rappresentare Savio in questo stupido duello con Palegari. –

Subito, al Savio:

E tu hai creduto che Palegari lo dicesse a te «pulcinella» jersera, in quel momento? Lo diceva a se stesso! Non l'hai capito. Al pagliaccetto che non scorgeva in sé, ma vedeva in te che gli facevi specchio! – Rido... Ma io rido così; e il mio riso ferisce prima di tutti me stesso.

Pausa. Restano tutti come assorti a pensare, ciascuno a sé. E ciascuno, poi, tra una pausa e l'altra, parlerà come per sé soltanto.

FRANCESCO Certo, io non ho nessun vero astio contro Doro Palegari. Mi ha trascinato lui...
PRESTINO (*dopo un'altra pausa*) Tante volte bisogna anche far vista di credere. Non deve scemare, anzi crescere la pietà, se la menzogna ci serve per piangere di più.
IL PRIMO (*dopo un'altra pausa, come se leggesse nel pensiero di Francesco Savio*) Chi sa, la campagna... come dev'essere bella adesso...
FRANCESCO (*spontaneamente, senza sorpresa, come per scusarsi*) Ma se avevo fin anche comprato i giocattoli per portarli alla mia nipotina
L'ALTRO È ancora così bellina come l'ho conosciuta io?
FRANCESCO Più bella! Un amore di bimba... Limpida! Dio, che bellezza!

Così dicendo, ha estratto da una scatola un orsacchiotto; gli ha dato la carica; e ora lo posa sul pavimento per farlo saltare tra la risata degli amici. Dopo la risata, una pausa, triste.

DIEGO (*a Francesco*) Senti: se io fossi in te...

È interrotto dal Cameriere che si presenta sulla soglia dell'uscio a destra.

CAMERIERE Permesso?
FRANCESCO Che cos'è?
CAMERIERE Avrei da dirle una cosa...
FRANCESCO (*gli s'avvicinerà e ascolterà ciò che il Cameriere gli dirà piano; poi, contrariato*) Ma no! Ora?

E si volterà a guardare gli amici, incerto, perplesso.

DIEGO (*subito*) È lei?
PRESTINO Tu non puoi riceverla: non devi!
IL PRIMO Già – mentre pende la vertenza –
DIEGO – ma no! non è mica per lei, la vertenza!
PRESTINO Come no? La causa è lei! Insomma, io che ti rappresento ti dico di no, che non devi riceverla!
L'ALTRO Ma una signora non si rimanda così – senza neanche sapere ciò che viene a fare, scusate!
DIEGO Io non dico più niente.
IL PRIMO (*a Francesco*) Potresti sentire –
L'ALTRO – ecco – e se per caso –
FRANCESCO – accennasse a voler parlare della vertenza? –
PRESTINO – troncare subito!
FRANCESCO ma io per me, la mando al diavolo, figurati!
PRESTINO Sta bene. Vai, vai.

Francesco uscirà seguito dal Cameriere.

DIEGO L'unica per me sarebbe ch'egli le consigliasse di...

A questo punto, scostando furiosamente la tenda della veranda, irromperà dal giardino Michele Rocca in preda a una fosca agitazione a stento contenuta. È sui trentanni, bruno, macerato dai rimorsi e dalla passione. Dal suo viso alterato, da tutti i suoi modi apparirà chiaro che è pronto a ogni eccesso.

ROCCA Permesso?

Sorpreso di trovarsi tra tanti che non s'aspettava.

È qua? Dove sono entrato?
PRESTINO (*tra lo sbalordimento degli altri e suo*)   Ma chi è lei, scusi?
ROCCA   Michele Rocca.
DIEGO   Ah, eccolo!
ROCCA (*a Diego*)   Lei è il signor Francesco Savio?
DIEGO   Io no. Savio è di là.

Indicherà l'uscio a destra.

PRESTINO   Ma lei, scusi, com'è entrato qua – così?
ROCCA   M'hanno indicato quest'entrata.
DIEGO   Il portinajo – credendolo forse uno degli amici –
ROCCA   Non è entrata qua, prima di me, una signora?
PRESTINO   Ma che forse lei la inseguiva?
ROCCA   La inseguivo, sissignore! Sapevo che doveva recarsi qua.
DIEGO   E anch'io! E anche la sua venuta ho previsto, sa!
ROCCA   Sono state dette di me cose atroci. So che il signor Savio, senza conoscermi, mi ha difeso. Ora egli non deve; non deve ascoltare quella donna, senza prima sapere da me come stanno veramente le cose!
PRESTINO   Ma ormai è inutile, caro signore!
ROCCA   No! Come inutile?
PRESTINO   Inutile sì, sì, inutile qualunque intromissione!
IL PRIMO   C'è una sfida accettata –
L'ALTRO   – le condizioni stabilite –
DIEGO   – e gli animi radicalmente mutati.
PRESTINO (*irritatissimo, a Diego*)   Ti prego di non immischiarti e smettila, perdio, una buona volta!
IL PRIMO   Che gusto a ingarbugliare peggio le cose!
DIEGO   Ma no; anzi! È venuto qua credendo che Savio lo abbia difeso – gli faccio sapere che ora non lo difende più.
ROCCA   Ah! Ora m'accusa anche lui?

DIEGO   Ma non lui solo, creda!
ROCCA   Anche lei?
DIEGO   Anch'io, sissignore. E tutti, qua, come può vedere.
ROCCA   Sfido! Hanno parlato finora con quella donna!
DIEGO   No no, sa? Nessuno di noi. E neanche Savio, che sta a sentirla di là, ora, per la prima volta.
ROCCA   E come allora m'accusano? Anche il signor Savio che prima mi difendeva? E perché si batte egli allora col signor Palegari?
DIEGO   Caro signore, in lei – lo capisco – assume – assume forme impressionanti, ma creda che – come dicevo – la pazzia è veramente un po' in tutti. Si batte, se vuol saperlo, proprio perché s'è ricreduto sul suo conto.
IL PRIMO (*di scatto, con gli altri*)   Ma no! Non gli dia retta! –
L'ALTRO   – si batte perché dopo il chiasso della sera avanti, il Palegari se n'è irritato –
IL PRIMO (*incalzando*)   – e l'ha insultato –
PRESTINO (*c. s.*)   – e il Savio ha raccolto l'insulto e l'ha sfidato –
DIEGO (*dominando tutti*)   – pur essendo oramai tutti d'accordo –
ROCCA (*subito, con forza*)   – nel giudicar me, senza avermi sentito? Ma come ha potuto quest'infame donna tirarsi tutti così dalla sua?
DIEGO   Tutti sì – tranne se stessa però.
ROCCA   Tranne se stessa?
DIEGO   Ah, che! Non creda che ella sia da questa parte o da quella. Ella non sa proprio da che parte sia. – E guardi bene anche in sé, signor Rocca, e vedrà che anche lei forse non è da nessuna parte.
ROCCA   Lei ha voglia di scherzare! – M'annunziino – ne prego qualcuno di loro – m'annunziino al signor Savio.
PRESTINO   Ma che cosa gli vuol dire? Le ripeto che è inutile.
ROCCA   E che ne sa lei? Se ora m'è contrario anche lui, tanto meglio!

PRESTINO Ma se è di là adesso, con la signora –
ROCCA – tanto meglio anche questo! Io l'ho seguìta qua apposta. Forse è una fortuna per lei ch'io la incontri in presenza d'altri – d'un estraneo che il caso ha voluto tirare in mezzo a noi due – così... Oh Dio, deciso a tutto ero come un cieco, e... – e per il solo fatto di trovarmi ora qua, inopinatamente, in mezzo a loro, e di dover parlare, rispondere... mi... mi sento come... come allargato l'animo... alleggerito... Non parlavo più con nessuno da tanti giorni! E lor signori non sanno che inferno mi divampa dentro! – Io ho voluto salvare quello che mi doveva essere cognato, ch'io già amavo come un fratello!
PRESTINO Salvarlo? Alla grazia! –
IL PRIMO – portandogli via la fidanzata?
L'ALTRO – alla vigilia delle nozze?
ROCCA No! no! M'ascoltino! Che portargli via! Che fidanzata! – Non ci voleva mica molto a salvarlo! Bastava dimostrargli, fargli toccar con mano che quella donna ch'egli voleva far sua sposandola, poteva esser sua com'era stata d'altri, come potrebbe essere di chiunque di loro, senza bisogno di sposarla!
PRESTINO Ma lei intanto gliela prese!
ROCCA Sfidato! sfidato!
IL PRIMO Come!
L'ALTRO Da chi, sfidato?
ROCCA Sfidato da lui. Mi lascino dire! D'accordo con la sorella, con la madre – dopo la presentazione ch'egli fece di lei alla famiglia, violentando tutti i suoi sentimenti più puri – io – d'accordo, ripeto, con la sorella e con la madre – seguii l'uno e l'altra a Napoli con la scusa d'ajutarli a metter su casa (dovevano sposare tra qualche mese). – Fu per uno dei soliti dissapori che avvengono tra fidanzati. Ella, infuriata, s'allontanò da lui per qualche giorno.

Improvvisamente, come per una visione tentatrice che gli fa orrore, si nasconderà gli occhi.

Dio mio – la vedo come se ne andò...

Scoprirà gli occhi, più che mai turbato:

...perché ero presente alla lite.

Ripigliandosi:

Io colsi allora il momento che mi parve più opportuno per dimostrare a Giorgio la pazzia che stava per commettere. – È incredibile, sì! è incredibile! – Per la tattica comunissima a tutte codeste donne, ella non aveva mai voluto concedere a lui neanche il minimo favore –

IL PRIMO (*intentissimo con tutti gli altri al racconto*) S'intende!...

ROCCA – e a Capri gli s'era mostrata così sdegnosa di tutti, appartata e altera! – Ebbene – mi sfidò – lui, lui – mi sfidò, capite? – mi sfidò a fargli la prova di quanto io gli dicevo, promettendomi che, avuta la prova, si sarebbe allontanato da lei, troncando tutto. – E invece, s'uccise!

IL PRIMO Ma come? – e lei si prestò? –

ROCCA – sfidato! per salvarlo! –

L'ALTRO Ma allora, il tradimento? –

ROCCA – orribile! orribile! –

L'ALTRO – lo fece lui a lei? –

ROCCA – lui! lui! –

L'ALTRO – uccidendosi! –

PRESTINO – incredibile! – Ah, è incredibile! –

ROCCA – ch'io mi sia prestato? –

PRESTINO – no! che egli abbia permesso a lei di prestarsi a dargli una simile prova!

ROCCA – apposta! perché s'era accorto subito, sa? che ella fin dal primo momento che mi vide accanto alla fidanzata, malvagiamente aveva cercato d'attirarmi, d'attirarmi a sé, avvolgendomi nella sua simpatia. E me lo fece notare – lui, lui stesso, Giorgio! Cosicché mi fu facile –

capiscono? – fargli la proposta in quel momento; dirgli: «– Ma se tu sai bene che si metterebbe anche con me!».
PRESTINO   E allora – oh perdio! – egli volle quasi sfidare se stesso?
ROCCA   Avrebbe dovuto gridarmi, farmi capire ch'era già avvelenato per sempre, e ch'era inutile ch'io mi provassi ormai a strappare i denti del veleno a quella vipera là!
DIEGO (*scattando*)   Ma no, che vipera, scusi!
ROCCA   Una vipera! una vipera!
DIEGO   Troppa ingenuità, caro signore per una vipera! Rivolgere a lei così presto – subito, anzi – i denti del veleno!
PRESTINO   Tranne che non l'abbia fatto apposta per cagionare la morte di Giorgio Salvi!
ROCCA   Forse!
DIEGO   E perché? Se già era riuscita nell'intento di costringerlo a sposarla! Le pare che potesse convenirle di farsi strappare i denti prima d'ottenere lo scopo?
ROCCA   Ma non lo sospettava!
DIEGO   E che vipera, allora, via! Vuole che una vipera non sospetti? Avrebbe morso dopo, una vipera, non prima! Se ha morso prima, vuol dire che – o non era una vipera – o per Giorgio Salvi volle perdere i denti del veleno.
ROCCA   Ma dunque lei crede? –
DIEGO   Me lo fa credere lei, scusi; che ritiene perfida quella donna! A stare a ciò che lei dice, per una perfida non è logico ciò che ha fatto! Una perfida che vuole le nozze e prima delle nozze si dà a lei così facilmente –
ROCCA (*balzando*)   – si dà a me? Chi le ha detto che si sia data a me? Io non l'ho avuta, non l'ho avuta! Crede ch'io abbia potuto pensare d'averla?
DIEGO (*sbalordito, con gli altri*)   Ah, no?
GLI ALTRI   E come? E allora?
ROCCA   Io dovevo avere soltanto la prova, che non sarebbe mancato per lei! una prova da mostrare a lui –

Si aprirà a questo punto l'uscio a destra e apparirà, tur-

bato e concitatissimo, Francesco Savio, che è stato di là con Delia Morello, la quale, pur di raggiungere l'intento di non farlo battere con Doro Palegari, l'ha come ubriacato di sé. Egli investe subito, risoluto, Michele Rocca.

FRANCESCO Che cos'è? Che cosa vuole lei qua? Che ha tanto da gridare in casa mia?
ROCCA Son venuto per dirle –
FRANCESCO – lei non ha nulla da dire a me!
ROCCA S'inganna! Io devo parlare e non a lei soltanto –
FRANCESCO Non s'arrischi, perdio, a minacciare!
ROCCA Ma io non minaccio! Ho chiesto di parlarle –
FRANCESCO Lei ha inseguito fino a casa mia una signora –
ROCCA Ho spiegato qua ai suoi amici –
FRANCESCO Che vuole che m'importi delle sue spiegazioni! L'ha inseguita, non lo neghi!
ROCCA Sì! perché se lei vuol battersi col signor Palegari –
FRANCESCO – ma che battermi! Io non mi batto più con nessuno!
PRESTINO (*sbalordito*) Come! che dici?
FRANCESCO Non mi batto più!
IL PRIMO, DIEGO, L'ALTRO (*insieme*) – Ma sei pazzo? – Dici sul serio? – È enorme!
ROCCA (*contemporaneamente, più forte, sghignazzando*) Eh sfido! L'ha sedotto! L'ha sedotto!
FRANCESCO (*facendo per scagliarglisi addosso*) Si taccia, o io...
PRESTINO (*parandoglisi di fronte*) – no! Rispondi prima a me! Non ti batti più con Palegari?
FRANCESCO No. Perché non debbo per una sciocchezza da nulla aggravare ora la disperazione di una donna!
PRESTINO Ma lo scandalo sarà peggio, se tu non ti batti! Col verbale delle condizioni di scontro già firmato!
FRANCESCO Ma è ridicolo ch'io mi batta ormai con Palegari!
PRESTINO Come, ridicolo?

FRANCESCO   Ridicolo! Ridicolo! Se siamo d'accordo! E tu lo sai bene! Appena puoi trovarti in mezzo a una di queste pagliacciate, per te è una festa!
PRESTINO   Ma se sei stato tu, tu a sfidare Palegari perché t'ha insultato?
FRANCESCO   Stupidaggini! L'ha detto Diego! – Basta!
PRESTINO   È incredibile! È incredibile!
ROCCA   L'ha promesso a lei di non battersi col suo paladino!
FRANCESCO   Sì! Ora che ho davanti lei –
ROCCA   – per cui le ha fatto una promessa contraria? –
FRANCESCO   – no! che viene a provocarmi fino in casa! Che cosa vuole qua da quella signora?
PRESTINO   Lascia!
FRANCESCO   La insegue da jersera!
PRESTINO   Ma tu non puoi batterti con lui!
FRANCESCO   Nessuno potrà dire che mi scelgo un avversario meno temibile!
PRESTINO   No, caro! Perché se vado io, ora, a mettermi a disposizione di Palegari in vece tua –
IL PRIMO (*gridando*)   – per te sarà la squalifica!
PRESTINO   – la squalifica!
ROCCA   Ma io posso passar sopra anche alla squalifica!
L'ALTRO   No! Perché avrebbe di fronte noi, allora, che lo abbiamo squalificato!
PRESTINO (*a Francesco*)   E non troverai nessuno che ti voglia rappresentare! – Hai ancora tutto il giorno per pensarci! Io non posso più stare qua e me ne vado!
DIEGO   Ma sì, ci penserà! ci penserà!
PRESTINO (*agli altri due*)   Andiamo noi! andiamo via!

Via tutti e tre per il giardino in fondo.

DIEGO (*li seguirà un po', raccomandando*)   Calma, calma, signori miei! Non precipitate le cose!

Poi, rivolgendosi a Francesco:

E tu bada a quello che fai!
FRANCESCO   Vattene al diavolo anche tu!

Investendo Rocca:

E lei, via, via! fuori di casa mia! Sono ai suoi ordini, quando e come vuole!

Apparirà a questo punto sulla soglia dell'uscio a destra Delia Morello. Appena ella scorgerà Michele Rocca così cangiato da quello che era, divenuto un altro, si sentirà d'improvviso cadere dagli occhi, dalle mani la menzogna di cui s'è armata finora per difendersi contro la segreta violenta passione da cui forsennatamente fin dal primo vedersi l'uno e l'altra sono stati attratti e presi, e che han voluto mascherare davanti a se stessi di pietà, d'interesse per Giorgio Salvi, gridando d'aver voluto, ciascuno a suo modo e l'una contro l'altro, salvarlo. Nudi ora di questa menzogna, l'una di fronte all'altro, per la pietà che d'improvviso s'ispireranno, smorti e tremanti si guarderanno un poco.

ROCCA (*quasi gemendo*)   Delia... Delia...

E andrà a lei per abbracciarla.

DELIA (*abbandonata, lasciandosi abbracciare*)   No... no... Ti sei ridotto così?

E tra lo stupore e l'orrore degli altri due, s'abbracceranno freneticamente.

ROCCA   Delia mia!
DIEGO   Ecco il loro odio! Ah, per questo? Vedi? Vedi?
FRANCESCO   Ma è assurdo! È mostruoso! C'è tra loro il cadavere d'un uomo!

ROCCA (*senza lasciarla, voltandosi come una belva sul pasto*) È mostruoso, sì! Ma deve stare con me! Soffrire con me! con me!

DELIA (*presa d'orrore, svincolandosi ferocemente*) No! no! vattene! vattene! lasciami!

ROCCA (*trattenendola, c. s.*) No! Qua con me! con la mia disperazione! Qua!

DELIA (*c. s.*) Lasciami, ti dico! lasciami! Assassino!

FRANCESCO La lasci, perdio! la lasci!

ROCCA Lei non mi s'accosti!

DELIA (*riuscendo a svincolarsi*) Lasciami!

E mentre Francesco e Diego trattengono Michele Rocca, che vorrebbe avventarsi su lei:

Non ti temo! Non ti temo! No, no! Nessun male mi può venire da te, neanche se m'uccidi!

ROCCA (*contemporaneamente, trattenuto dai due, griderà*) Delia! Delia! Ho bisogno d'aggrapparmi a te! di non essere più solo!

DELIA (*c. s.*) Non sento nulla! Mi sono illusa di sentire compassione, paura... no! non è vero!

ROCCA (*c. s.*) Ma io impazzisco! lasciatemi!

DIEGO E FRANCESCO Sono due belve! – È uno spavento!

DELIA Lasciatelo! Non lo temo! Freddamente mi sono lasciata abbracciare! Non per timore, né per compassione!

ROCCA Oh infame! Lo so, lo so che non vale nulla! – Ma io ti voglio! ti voglio!

DELIA Qualunque male – e se m'uccidi – anche questo è male minore per me! Un altro delitto, la prigione, la morte stessa! Voglio restare a soffrire così!

ROCCA (*seguitando, ai due che lo trattengono*) Non vale nulla; ma le dà prezzo, ora, tutto quello che ho sofferto per lei! Non è amore, è odio! è odio!

DELIA Odio; sì! anche il mio! odio!

ROCCA È il sangue stesso che s'è versato per lei!

Con uno strappo violento, riuscendo a svincolarsi:

– Abbi pietà, abbi pietà...

E la inseguirà per la stanza.

DELIA (*sfuggendogli*) No! no, sai! Guai a te!
DIEGO E FRANCESCO (*riafferrandolo*) Perdio, si stia fermo! – Ha da fare con me!
DELIA Guai a lui, se tenta di suscitarmi un po' di compassione per me stessa o per lui! Non ne ho! Se voi ne avete per lui, fate, fate che se ne vada!
ROCCA Come vuoi che me ne vada? Tu lo sai che s'è voluto affogare in quel sangue la mia vita per sempre!
DELIA E tu non hai voluto salvare dal disonore il fratello della tua fidanzata?
ROCCA Infame! Non è vero! Sai che la mia e la tua sono due menzogne!
DELIA Due menzogne, sì! due menzogne!
ROCCA Tu mi volesti, com'io ti volli, fin da quando ci vedemmo per la prima volta!
DELIA Sì, sì! per punirti.
ROCCA Anch'io, per punirti! Ma anche la tua vita, per sempre, s'è affogata in quel sangue!
DELIA – sì, anche la mia! anche la mia!

E accorrerà a lui come una fiamma, scostando quelli che lo trattengono:

– è vero! è vero!
ROCCA (*riabbracciandola subito, freneticamente*) E dunque bisogna ora che vi stiamo tuffati tutti e due insieme, aggrappati così! così! Non io solo – non tu sola – tutti e due insieme – così! così!
DIEGO Durassero!
ROCCA (*portandosela via per la scalinata del giardino e la-*

sciando quei due tra sbalorditi e atterriti) Vieni, vieni via, vieni via con me...
FRANCESCO   Ma sono due pazzi!
DIEGO   Perché tu non ti vedi.

Tela

SECONDO INTERMEZZO CORALE

Di nuovo il sipario, appena abbassato alla fine del secondo atto, si rialzerà per mostrare la stessa parte del corridojo che conduce al palcoscenico. Ma questa volta il pubblico tarderà a uscire dalla sala del teatro. Nel corridojo gli usceri, qualche maschera, le donne dei palchi saranno in apprensione; perché sul finire dell'atto avranno visto la Moreno, invano trattenuta dai tre amici, attraversare di corsa il corridojo e precipitarsi sul palcoscenico. Ora verrà dalla sala un clamore di grida e d'applausi, che infurierà sempre più, sia perché gli attori evocati alla ribalta non si saranno ancora presentati a ringraziare il pubblico, sia perché strani urli e scomposti rumori si sentiranno attraverso il sipario sul palcoscenico, e più forti si sentiranno qua nel corridojo.

UNO DEGLI USCERI   Che diavolo avviene?
UN ALTRO USCERE   O non è una «prima»? Baccano al solito!
UNA MASCHERA   Ma no, battono le mani e gli attori non vengono fuori!
UNA DONNA DEI PALCHI   Ma gridano sul palcoscenico, non sentite?
SECONDO USCERE   E strepitano anche in sala!
SECONDA DONNA DEI PALCHI   Che sia per quella signora passata or ora di qua?
IL PRIMO USCERE   Sarà per lei! La trattenevano come un'indemoniata!
PRIMA DONNA DEI PALCHI   È corsa su in palcoscenico!
IL PRIMO USCERE   Voleva andare su anche alla fine del primo atto.

UNA TERZA DONNA DEI PALCHI Ma si scatena proprio l'inferno, sentite?

Due, tre uscioli dei palchi si apriranno contemporaneamente e ne verranno fuori alcuni spettatori costernati, mentre si sentirà più forte il fragore della sala.

I SIGNORI DEI PALCHI (*venendo fuori e sporgendosi dagli uscioli*) – Ma sì, è proprio sul palcoscenico!
– Che cos'è? Si bastonano?
– Urlano! urlano!
– E gli attori non vengono fuori!

Altri signori, signore, sempre più costernati, usciranno dai palchi sul corridojo, a guardare verso la porticina del palcoscenico in fondo. Subito dopo sarà un accorrere concitato di spettatori in gran numero da sinistra. Grideranno tutti: – «*Che cos'è? Che cos'è? Che cosa avviene?*». – *Altri spettatori sboccheranno dall'entrata delle poltrone, da quella delle sedie, ansiosi, agitati.*

VOCI CONFUSE – S'azzuffano sul palcoscenico! – Sì, ecco, sentite? – Sul palcoscenico? – Perché? perché? – E chi lo sa? – Mi lascino passare! – Che è accaduto? – Oh perdio, e dove siamo? – Che putiferio è questo? – Mi lascino passare! – Lo spettacolo è finito? – E il terz'atto? – Ci dev'essere il terz'atto! – Largo, largo! – Sì, alle quattro in punto. Addio! – Ma sentite che fracasso sul palcoscenico? – Insomma, io voglio andare al guardaroba! – Oh! oh! sentite? – Ma è uno scandalo! – Un'indecenza! – Ma perché tutto questo baccano? – Mah, pare che... – Non si capisce nulla! – Ma che diavolo! – Oh! oh! là in fondo! – Hanno aperto la porta! –

Si spalancherà in fondo la porticina del palcoscenico e subito s'avventeranno di là per un minuto le grida scomposte degli attori, delle attrici, del Capocomico, della Moreno e dei suoi tre amici, a cui faranno eco le grida degli spettatori che a mano a mano si saranno affollati davanti la porticina del palcoscenico, tra le proteste rabbiose di qualcuno che, seccato, indignato, vorrebbe rompere la calca per andarsene.

VOCI DAL PALCOSCENICO (*degli attori*) – Via! via! – Cacciatela via! – Insolente! – Megera! – Svergognata! – Ne renderà conto! – Via! via!

della Moreno:

– È un'infamia! No! no!

del Capocomico:

– Vada fuori dai piedi!

d'uno degli amici:

– Ma infine è una donna!

della Moreno:

– Mi sono sentita rivoltare!

d'un altro degli amici:

– Bisogna aver rispetto per una donna!

degli attori:

– Ma che donna! – È venuta quassù ad aggredire! – Fuori! fuori!

delle attrici:

– Megera! Svergognata!

degli attori:

– Ringrazi Dio che è una donna! Ha avuto quello che si meritava! – Via! via!

del Capocomico:

Sgombrino di qua, perdio!

VOCI DEGLI SPETTATORI AFFOLLATI (*contemporaneamente, tra fischi e applausi*) – La Moreno! la Moreno! – Chi è la Moreno? – Hanno schiaffeggiato la prima attrice! – Chi? chi ha schiaffeggiato? – La Moreno! la Moreno! – E chi è la Moreno? – La prima attrice? – No, no, hanno schiaffeggiato l'Autore! – L'Autore? Schiaffeggiato? – Chi? Chi ha schiaffeggiato? – La Moreno! – No, la prima attrice! – L'Autore ha schiaffeggiato la prima attrice? – No, no, al contrario! – La prima attrice ha schiaffeggiato l'Autore! – Ma nient'affatto! La Moreno ha schiaffeggiato la prima attrice!

VOCI DAL PALCOSCENICO – Basta! basta! – Vadano fuori! – Mascalzoni! – Spudorata! – Fuori! fuori! – Signori, facciano largo! – Lascino passare!

VOCI DEGLI SPETTATORI – Fuori i disturbatori! – Basta! basta! – Ma è proprio la Moreno? – Basta, fuori! – No, lo spettacolo deve seguitare! – Via i disturbatori! – Abbasso Pirandello! – No, viva Pirandello! – Abbasso, abbasso! – È lui il provocatore! – Basta! basta! – Lasciate passare! lasciate passare! – Largo! largo! –

La folla degli spettatori si aprirà per lasciar passare alcuni attori e alcune attrici e l'Amministratore della Compagnia e il Direttore del Teatro, che vorrebbero persuaderli a rimanere. Nella confusa agitazione di questo passaggio, la folla degli spettatori, che dapprima tacerà per ascoltare, romperà di tanto in tanto in qualche clamoroso commento.

IL DIRETTORE DEL TEATRO Ma per carità, abbiano prudenza! Vogliono mandare a monte lo spettacolo?

GLI ATTORI E LE ATTRICI (*contemporaneamente*) – No, no! – Io me ne vado! – Ce ne andiamo via tutti! – Questo è troppo, perdio! – È una vergogna! – Per protesta! per protesta!

L'AMMINISTRATORE DELLA COMPAGNIA Ma che protesta! Contro chi protestano loro?

UNO DEGLI ATTORI Contro l'Autore! E giustamente!

UN ALTRO E contro il Direttore che ha accettato di rappresentare una simile commedia!

IL DIRETTORE DEL TEATRO Ma loro non possono protestare così, andandosene e lasciando a mezzo lo spettacolo! Questa è anarchia!

VOCI DEGLI SPETTATORI IN CONTRASTO Benissimo! – Benissimo! – Ma chi sono? – Gli attori del teatro, non vedi? – No, nient'affatto! – Hanno ragione! hanno ragione!

GLI ATTORI (*contemporaneamente*) Sì, sì che possiamo!

IL CARATTERISTA Quando ci si obbliga a recitare una commedia a chiave!

VOCI DI ALCUNI SPETTATORI IGNARI – A chiave? – Dove? perché a chiave? – Una commedia a chiave?

GLI ATTORI Sissignori! sissignori!

VOCI DI ALTRI SPETTATORI CHE SANNO – Ma sì! – S'è saputo! – È uno scandalo! – Lo sanno tutti! – Il caso della Moreno! – È qua; l'hanno vista in teatro! – È corsa sul palcoscenico! – Ha schiaffeggiato la prima attrice!

GLI SPETTATORI IGNARI E I FAVOREVOLI (*contemporaneamente e in gran confusione*) – Ma nessuno se n'è accorto! – La commedia è piaciuta! – Vogliamo il terz'atto! – Ne abbiamo il diritto! – Benissimo! Benissimo! – C'è il diritto del pubblico che ha pagato!

UNO DEGLI ATTORI Ma abbiamo anche noi diritto al nostro rispetto!

UN ALTRO E ce n'andiamo! Io, per me, me ne vado!

LA CARATTERISTA La prima attrice del resto se n'è già andata!

VOCI DI ALCUNI SPETTATORI – Se n'è andata? – Come? Per dove? – Dalla porta del palcoscenico?

LA CARATTERISTA Perché una spettatrice è andata ad aggredirla sul palcoscenico!

VOCI DEGLI SPETTATORI IN CONTRASTO – Ad aggredirla? – Sissignori! La Moreno! – E aveva ragione! – Ma chi? chi? – La Moreno! – E perché l'ha aggredita? – La prima attrice?

UNO DEGLI ATTORI Perché s'è riconosciuta nel personaggio della commedia.

UN ALTRO ATTORE E ha creduto che noi fossimo complici dell'Autore nella diffamazione!

LA CARATTERISTA Dica ora il pubblico se dev'esser questo il premio delle nostre fatiche!

IL BARONE NUTI (*trattenuto come nel primo intermezzo da due amici, più che mai stravolto e convulso, facendosi avanti*) È vero! È un'infamia inaudita! E loro hanno tutto il diritto di ribellarsi!

UNO DEGLI AMICI Non ti compromettere! Andiamo! Andiamo!

IL BARONE NUTI Una vera iniquità, signori! – Due cuori alla gogna! Due cuori che sanguinano ancora, messi alla gogna!

IL DIRETTORE DEL TEATRO (*disperato*) Lo spettacolo ora passa dal palcoscenico sul corridojo!

VOCI DEGLI SPETTATORI CONTRARI ALL'AUTORE – Ha ragione! ha ragione! – Sono infamie! – Non è lecito! – La ribellione è legittima! – È una diffamazione!

VOCI DEGLI SPETTATORI FAVOREVOLI – Ma che! ma che! – Non vogliamo saperne! – Dov'è la calunnia? – Nessuna diffamazione!

IL DIRETTORE DEL TEATRO   Ma, signori miei, siamo in teatro o siamo in piazza?
IL BARONE NUTI (*afferrando per il petto uno degli spettatori favorevoli, mentre tutti, quasi atterriti dal suo furore e dal suo aspetto, tacciono sospesi*)   Lei dice che è lecito far questo? Prendere me, vivo, e portarmi sulla scena? Farmi vedere là, col mio strazio vivo, davanti a tutti, a dir parole che non ho mai dette? a compir atti che non ho mai pensato di compiere?

Dal fondo, davanti alla porticina del palcoscenico, nel silenzio sopravvenuto, spiccheranno come in risposta le parole che or ora dirà il Capocomico alla Moreno, trascinata via, piangente, in disordine e quasi svenuta, dai suoi tre accompagnatori. Subito, alle prime parole, tutti si volteranno verso il fondo, facendo largo, e il Nuti lascerà lo spettatore investito, voltandosi anche lui e domandando: – «Che cos'è?». –

IL CAPOCOMICO   Ma lei ha potuto veder bene che né l'Autore né l'attrice l'hanno mai conosciuta!
LA MORENO   La mia stessa voce! I miei gesti! tutti i miei gesti! Mi sono vista! mi sono vista là!
IL CAPOCOMICO   Ma perché ha voluto riconoscersi!
LA MORENO   No! no! non è vero! Perché è stato anzi l'orrore, l'orrore di vedermi rappresentata lì in quell'atto! Ma come? io, io abbracciare quell'uomo?

Scorgerà il Nuti all'improvviso quasi davanti a sé e getterà un grido levando le braccia per nascondere la faccia:

Ah Dio, eccolo là! eccolo là!
Il BARONE NUTI   Amelia, Amelia...

Commovimento generale degli spettatori che quasi non crederanno ai loro occhi nel ritrovarsi davanti, vivi, gli stessi personaggi e la stessa scena, veduti alla fine del secondo atto, e lo significheranno, oltre che con l'espressione del volto, con brevi, sommessi commenti, e qualche esclamazione.

VOCI DEGLI SPETTATORI – Oh guarda! – Eccoli lì! – Oh! oh! – Tutti e due! – Rifanno la scena! – Guarda! guarda! –
LA MORENO (*smaniando ai suoi accompagnatori*) Levatemelo davanti! Levatemelo davanti!
GLI ACCOMPAGNATORI Sì, andiamo! andiamo!
IL BARONE NUTI (*lanciandosi su lei*) No, no! tu devi venire con me! con me!
LA MORENO (*divincolandosi*) No! Lasciami! lasciami! Assassino!
IL BARONE NUTI Non ripetere quello che t'hanno fatto dire lassù!
LA MORENO Lasciami! Non ho paura di te!
IL BARONE NUTI Ma è vero, è vero che dobbiamo punirci insieme! Non hai sentito? Ormai lo sanno tutti! Vieni via! vieni!
LA MORENO No, lasciami! Maledetto! Ti odio!
IL BARONE NUTI Siamo affogati, affogati veramente nello stesso sangue! Vieni! vieni!

E la trascinerà via, scomparendo da sinistra, seguìto da gran parte degli spettatori, tra rumorosi commenti: – «Oh oh! – Non par vero! – È incredibile! – Spaventoso! – Ma guardali lì! – Delia Morello e Michele Rocca!». – Gli altri spettatori, rimasti nel corridojo in buon numero, li seguiranno con gli occhi, facendo su per giù gli stessi commenti.

UNO SPETTATORE SCIOCCO E dire che si sono ribellati! Ribellati; e poi hanno fatto come nella commedia!
IL CAPOCOMICO Già! Ha avuto il coraggio di venirmi ad

aggredire la prima attrice in palcoscenico! – «Io, abbracciare quell'uomo?»
MOLTI È incredibile! È incredibile!
UNO SPETTATORE INTELLIGENTE Ma no, signori: naturalissimo! Si sono visti come in uno specchio e si sono ribellati, soprattutto a quel loro ultimo gesto!
IL CAPOCOMICO Ma se hanno ripetuto appunto quel gesto!
LO SPETTATORE INTELLIGENTE Appunto! Giustissimo! Hanno fatto per forza sotto i nostri occhi, senza volerlo, quello che l'arte aveva preveduto!

Gli spettatori approveranno, qualcuno applaudirà, altri rideranno.

L'ATTORE BRILLANTE (*che sarà venuto avanti dalla porticina del palcoscenico*) Non ci creda, signore. Quei due là? Guardi: sono l'attore brillante che ha rappresentato, convintissimo, la parte di Diego Cinci nella commedia. Appena usciti dalla porta, quei due là... – Lor signori non hanno veduto il terzo atto.
GLI SPETTATORI – Ah, già! – Il terzo atto! – Che avveniva nel terzo atto? – Ci dica! Ci dica!
L'ATTORE BRILLANTE Eh, cose, cose, signori... E dopo... – dopo il terzo atto... cose! cose!

E così dicendo, andrà via.

IL DIRETTORE DEL TEATRO Ma, signor Direttore, scusi, le pare che si possa tenere qua il pubblico a comizio?
IL CAPOCOMICO E che vuole da me? Faccia sgombrare!
L'AMMINISTRATORE Tanto, lo spettacolo non può più seguitare: gli attori se ne sono andati.
IL CAPOCOMICO E dunque, si rivolge a me? Faccia mettere un avviso: e mandi via la gente.
IL DIRETTORE DEL TEATRO Ma sarà rimasto pubblico in teatro!

IL CAPOCOMICO   E va bene! Per il pubblico rimasto in teatro, m'affaccerò io adesso dal sipario a licenziarlo con due parole!
IL DIRETTORE DEL TEATRO   Sì, sì, vada, vada allora, signor Direttore!

E mentre il Capocomico s'avvierà verso la porticina del palcoscenico:

Via, via, signori, sgombrino, sgombrino per piacere: lo spettacolo è terminato.

Cala la tela e, appena calata, il Capocomico ne scosterà una banda per presentarsi alla ribalta.

IL CAPOCOMICO   Sono dolente d'annunziare al pubblico che per gli spiacevoli incidenti accaduti alla fine del secondo atto, la rappresentazione del terzo non potrà più aver luogo.

Tela

Appendice

CASTRI E IL DELIRIO DELL'INCESTO

Le pagine che riportiamo sono tratte dai taccuini di lavoro elaborati da Massimo Castri durante la preparazione di *La vita che ti diedi*, allestito per la prima volta il 3 febbraio 1978. È del tutto evidente la centralità che nella sua interpretazione assume il mito dell'incesto.

1) La prima scena mi dà un senso d'orrore personale. Un mucchio di donne (più una donna-uomo, il prete) intorno a un cadavere maschile... È una brutta morte, e quindi non una morte quieta, ma una morte rifiutata, contro la quale il figlio si ribella urlando e scalciando... È come un parto doloroso "eseguito" da una voce maschile.

2) Donn'Anna Luna sembra un personaggio pirandelliano senza più conflitti: è assente il conflitto, tipico dei personaggi pirandelliani, del vivere per gli altri e del non riuscire a vivere per sé; per lei anzi questa vita etero-realizzata è la norma, la regola accettata. Vive tramite suo figlio e quindi suo figlio vive tramite lei. Per tanti anni Donn'Anna ha fatto la madre; ora il figlio sarà costretto a vivere ancora e a ripetere la sua nascita.

È per questo che il senso del possesso è in lei così sviluppato, perché accetta di essere posseduta, di non vivere per sé, ma di consistere-esistere solo tramite un altro; e quindi l'altro esiste solo tramite lei. È la traduzione pirandelliana dell'amore eccessivo della Madre, dell'amore alienato, compensativo, tipico della Madre.

Insomma quella che nei personaggi pirandelliani è condizione sofferta, diventa in Donn'Anna condizione naturale, accettata e pretesa. Nel ruolo di Madre si realizza compiutamente: non c'è conflitto tra il suo essere e il suo ruolo, solo il ricordo di un conflitto. O meglio, il conflitto vive ancora nella profondità del personaggio, nel suo passato e nella coscienza in ritardo del suo oggi. Di qui la sua rabbiosa e caparbia strategia di eliminazione dell'uomo e di iperdeterminazione del ruolo di madre.

3) Allora una prima idea che viene, la più naturale e anche ovvia, è questa: il maschio è presenza reale, ma invisibile alle donne. Sarà un personaggio bianco in mezzo al gran nero della casa e dei costumi delle donne. S'aggirerà per tutto lo spettacolo, intessendo un continuo contrappunto gestuale alla vicenda.

4) Donn'Anna è spaventosa, è macabra: in realtà la morte del Figlio le dà una gioia profonda, talmente profonda, e intensa, che può anche identificarsi con le manifestazioni esterne del dolore. Ma è gioia: ora suo figlio può realmente riassorbirlo del tutto in sé e possederlo interamente. Pirandello esprime tutto il macabro che l'uomo sente nella donna-madre, nella donna che ti ha totalmente posseduto una volta, e non può quindi dimenticare questa volontà di possesso totale.

5) Raccontiamo la storia (cioè l'antefatto, il sottotesto) tenendo conto che qui il passato pesa quasi come nei drammi di Ibsen; è una filigrana continua che ingombra il presente.

Un Figlio talmente innamorato della Madre – una Madre talmente innamorata del Figlio. Il Figlio parte (forse ha tentato di fuggire), trova una donna (naturalmente sposata con figli), se ne innamora. Ma naturalmente nella donna incontrata vede la Madre, e non riesce per sette anni a farci l'amore (*il terrore dell'incesto*). Alla fine dopo sette anni, cede alla tentazione e fa l'amore con la donna in cui vede la madre. L'atto lo terrorizza, lo sconvolge (*ha compiuto l'incesto*) e, pieno di raccapriccio, fugge. Torna naturalmente dalla Madre, da cui il senso di colpa nei suoi confronti l'aveva tenuto lontano per tutti i sette anni. A questo punto, compiuto l'incesto, s'ammala e muore (*la colpa come ma-*

lattia). Sul cadavere le due donne finalmente s'incontrano e si ricongiungono. Si erano dovute sdoppiare per ingannare il Figlio, ma lui ha oscuramente intuito la colpa commessa, il tabù infranto. Di qui alcune ipotesi:

a) Donn'Anna e Lucia devono essere uguali o quasi – stesso tipo, stesso costume, somiglianza nei gesti e nella voce.

b) Verso la fine rimane soltanto una donna, che è la risultante di Donn'Anna più Lucia.

c) Il figlio è invisibile ma presente per tutto il tempo. Ora, dopo morto capisce la sua idiozia e ne ride.

6) Le due protagoniste della commedia sono donne dalla sensualità-sessualità completamente castrata, addirittura assente: si realizzano soltanto nella maternità... Continue sono nel testo le espressioni (dirette o indirette) di schifo nei confronti del sesso, dei rapporti sessuali: Lucia ha vissuto per anni con un uomo che le fa schifo; poi ha fatto una volta l'amore con l'amante, ma con grande orrore. In questo senso sono donne compiutamente represse e compiutamente fasciste.

7) Le due donne si ricongiungono sul fatto della maternità. Il maschio, una volta *fecondata la Madre*, muore, deve scomparire. Ottenuta la fecondazione, le donne non hanno più bisogno di essere separate; o meglio, la donna non ha più bisogno di essere due, che è l'inganno necessario per spingere il maschio a superare l'orrore dell'incesto e a fecondare la Madre. Eliminato il maschio le due donne, Madre e Amante, si ricompongono in unità, si fondono in una, amandosi. La scena tra Donn'Anna e Lucia è bellissima proprio perché *è una scena d'amore*, di due che, dopo molto tempo, dopo una separazione, si ritrovano. L'uomo deve essere odiato: la donna può amare solo il Figlio, ma per avere un figlio deve essere amata da un uomo; e allora il grande desiderio, il grande disegno, è farsi amare dal Figlio per avere un altro figlio. Da questo punto di vista la scena è paurosa: è un'orrida scena d'amore tra due congiurate omosessuali, *tra due assassine*. Si ha come l'impressione di

un dramma sospeso, di un nocciolo incapsulato, un nocciolo ancora più violento e duro e chiuso di quello che c'era in *Vestire gli ignudi*. Ma anche questo nocciolo drammatico, antropologico, può essere estrapolato e esaltato. La chiave è proprio in questa scena d'amore tra la Madre e l'Amante.

8) Il nocciolo della commedia è inoltre ambiguo, a doppia valenza. Si può leggerla come la rappresentazione-metafora di una forma quasi pura di alienazione della donna (che si realizza, addirittura esiste, solo in rapporto all'uomo, come Madre e come Amante). Una lettura potrebbe anche fermarsi qui: sarebbe già uno scoperchiamento del testo di notevole interesse. Ma da questo si deve poi procedere verso il secondo livello, quello della strategia soggettiva – del desiderio, del sogno – della Madre.

La seconda lettura, dunque, è quella della rappresentazione-metafora di una strategia femminile di autorealizzazione autonoma rispetto all'uomo, di eliminazione dell'uomo, di utopia di matriarcato (in cui non esiste l'uomo ma solo il figlio) e anche di sottrazione della donna dall'istituto della famiglia. Non è detto però che non ci siano nessi precisi, addirittura una complementarità, tra le due ipotesi; che non sia cioè l'iperalienazione a determinare questo progetto di eliminazione. In altre parole: ipermotivando il proprio ruolo, la Donna-Madre elimina l'Uomo-Padre e accetta solo l'Uomo-Figlio; e quindi l'uomo che ha relegato la donna al ruolo di madre, viene alla fine schiacciato, eliminato dall'iperaccettazione da parte della donna di questo ruolo.

(Massimo Castri, *Pirandello Ottanta*, a cura di E. Capriolo, cit., pp. 45-48)

MUORE LA MADRE MA NON LA MATERNITÀ

Le pagine di Elio Gioanola che riportiamo qui di seguito sono fra le poche che il panorama critico pirandelliano consente di leggere con qualche frutto, e al di fuori degli schemi interpretativi più corrivi, a proposito di un testo come *La vita che ti diedi*.

La vita che ti diedi (1924) è il testo per eccellenza del rapporto assoluto madre-figlio, vissuto questa volta tutto dalla parte della madre, in quella perfetta reversibilità dei ruoli che l'identificazione permette. Il figlio è rappresentato come già morto all'inizio del dramma e il coro delle litanie dei defunti trasporta subito la situazione al livello del sacro, tanto più che i nomi delle madri, Anna, Elisabetta, rinviano alla sacralità dei testi biblici. Sacra è la maternità, il valore per eccellenza, e la madre che domina la scena è quella che ha accolto il figlio morto non come se fosse partito per sempre da lei ma come se fosse per sempre tornato, abbandonando così il contingente e il profano della vita fuori di lei. Quella morte, anzi, è la conseguenza dell'allontanamento dal momento che, partendo, il figlio aveva cessato di essere figlio («Cambiato, non vuol dire un altro, da quello che era? Io non lo potei riconoscere più come il figlio che m'era partito»), e non avrebbe più potuto tornare ad essere tale se non attraverso la morte, punizione e ricomposizione della partenza. Ora che è definitivamente tornato, la madre può riaccoglierlo in sé e ricomporre l'unità divisa, al punto da potersi sostituire a lui anche nei pensieri e nelle intenzioni, come appare dalla lettera che la madre scrive alla donna per la quale il figlio, sette anni prima, era partito;

una lettera che avrà la stessa grafia del figlio e apparirà come scritta da lui. Come non potrà la madre, scrivendo quella lettera, non saper spiegare alla donna le ragioni di una separazione se il figlio è ritornato in lei a provare l'assurdità delle ragioni della lontana partenza?

È il non voler più esser bambini che allontana i figli dalla madre, cioè il desiderio di essere uomini per una donna: questo figlio è partito per amore di una donna, ma senza essere veramente uscito dal sogno materno, per cui si è limitato, per anni, ad un rapporto castissimo con lei, sposata e madre di figli: «Il loro amore, per fortuna, era tale che non aveva bisogno per vivere della presenza del corpo. Si sono amati così. Possono, possono seguitare ad amarsi ancora» (MN, II, 251). È la madre che dice queste parole, lei che ha deciso di continuare la corrispondenza con la donna perché l'unità madre-figlio è stata custodita dalla castità di quell'amore. Non sa la madre che, invece, quell'amore, contro la volontà dei due, ha conosciuto alla fine la tristezza della carne (e per questo è stato punito con la morte), come rivela la donna, venuta fin dalla Francia per avere notizie di lui: «Quest'amore, durato puro tant'anni, ci vinse [...] Sconvolta, atterrita, lo spinsi a partire. Non avrei più potuto guardare i miei bambini. – Ma fu inutile, inutile. – Non potei più guardarmi. Mi son sentita morire» (ivi, 279-80). La donna, che rivela un orrore per il sesso non meno profondo di quell'amante morto, è anche lei essenzialmente una madre, che confessa di aver concepito i figli dal marito «con tutto lo strazio dell'anima»: da quella perfetta madre che è ha subito trasformato in maternità anche l'unico amplesso avuto col povero morto: «Non dovevamo bruttarci anche noi! Le giuro che non è stata una gioja – e la prova (è orribile dirlo, ma per me è così) – la prova è in questa mia nuova maternità» (ivi, 285).

Ora dunque non si trovano di fronte una madre e un'amante, ma due madri, e madri per di più dello stesso figlio e non per nulla si assiste, anziché ad un conflitto tra parti dialetticamente affrontate, ad un tentativo di assorbimento della madre giovane da parte della madre vecchia la quale, dicendo all'altra «lasciati chiamare figlia», intende ritornare incinta di nuovo di suo figlio e rimetterlo al mondo per interposta persona: né la giovane è restia a collaborare al progetto, potendo così facilmente, per l'orrore che prova della sessualità, identificarsi del tutto nel ruolo di madre, in un impegno straordinario di maternità che consiste nel far ritornare compiutamente figlio colui che, non volendo e pagando con la morte, si è macchiato della colpa di essere amante. A distogliere le due donne dal progetto viene, dalla Francia, la madre della giovane e, a lei che le viene portata via, la madre del morto dice: «Vedi? Vedi? Sarai tu la madre allora, non più io! Non tornerà più nessuno a me qua! È finita! Lo riavrai tu, là, mio – piccolo com'era – mio – con quei suoi capelli d'oro e quegli occhi ridenti – com'era – sarà tuo; non più mio! Tu, tu la madre, non più io! E io ora, muojo, muojo, veramente qua» (ivi, 304). Non potendo realizzarsi il progetto dell'unica madre, è necessario che una delle madri muoia perché la madre possa essere davvero unica: adesso che la vecchia madre ha perduto veramente il figlio, che ha scelto per nascere ancora un'altra madre, il suo ruolo è terminato. Una madre muore perché non muoia la maternità.

(Elio Gioanola, *Pirandello la follia*, cit., pp. 245-247)

LA PIÙ INDIAVOLATA COMMEDIA
DI PIRANDELLO

Il 22 (o 23) maggio 1924 va in scena in prima assoluta a Milano *Ciascuno a suo modo*. Sin dal gennaio dello stesso anno compare su una rivista un'intervista a Pirandello che anticipa gustosamente alcuni spunti del secondo dei testi della celebre trilogia del teatro nel teatro.

Rividi Pirandello in una sera dello scorso maggio. Stava nel suo studio, sdraiato pacificamente su una poltrona a fumare. Chi l'avesse visto così, con la sua faccia da uomo normale, con una giacchettina di tela e un paio di comode pantofole di pelle, l'avrebbe scambiato per un cavaliere impiegato delle poste, un commendatore pezzo grosso delle ferrovie o di una Banca, per un borghese qualunque, mai per Pirandello. Io, che lo conosco da tempo, ormai, mi permisi di non dubitare della sua identità.

Sul suo tavolo stavano diversi foglietttini di carta a quadretti, ricoperti di una calligrafia chiara, minuta, regolare, quasi da scolaro, senza una cancellatura. Mi ricordai di alcuni libri suoi, già stampati, ch'egli ama rileggere – centellinare – la sera, in quel suo studio, per "riposarsi" dopo il lavoro; libri pieni di cancellature e di variazioni e di aggiunte – tutte fatte col solito zampettare minuto e tremolante che rivela subito il pennino immancabilmente spuntato adibito a quell'uso. Domandai:

– Ma non corregge più, ora?

– Se correggo! ma voglio vedere la pagina pulita. Tutti i giorni, appena ho finito di scrivere, rileggo quello che ho scritto, e quando dovrei fare una correzione riscrivo tutta la pagina. Così saltano fuori altre correzioni, e io ricopio nuovamente. Arrivo anche a ricopiare per sette o otto volte. Ma passo subito i manoscritti per farli ricopiare a macchina.

– Così questa, una commedia vero?, è già dattilografata?
– In parte sì. Un atto e mezzo.
– E, nell'originale, si può sapere a che punto è arrivato?
– Oggi ero completamente in vena, e invece di scrivere soltanto in mattinata, ho scritto tutto il giorno. Domani spero di finirla, perché son già alle ultime scene.
– Quelle del terz'atto?
– Ecco, questo non glielo saprei dire.
– Perché?

Pirandello non risponde: ma prende il primo atto dattilografato e me lo mostra.

Leggo, sulla copertina: «*Ciascuno a suo modo*» – *commedia in 2 o 3 atti – con intermezzi corali – di Luigi Pirandello*.

– Ecco – domandai ancora – e di questa commedia con gli atti proprio a modo suo, mi può dir nulla?
– Io gliela posso anche raccontare, ma purché non ne dica nulla, almeno per ora. E in seguito, se ne parla, lo faccia con discrezione, perché se ripete tutto quello che le dirò io...
– Ti valuto l'interesse dello spettatore!

Pirandello può vedere che ho mantenuto la promessa.

– Credo – comincia Pirandello – che questa sarà la più strana, la più imbrogliata, la più difficile a capirsi fra tutte le mie commedie...
– Bella consolazione per il pubblico, quando lo saprà!

Sorride, accende un'altra sigaretta, e prosegue, accendendosi anche lui mentre parla:

– Io ho voluto qui fare una cosa nuova, per gli altri e per me. Rappresentare l'instabilità della vita, questo continuo muoversi, agitarsi, cambiarsi della vita, a ogni giorno, a ogni ora, a ogni minuto. Noi non abbiamo che delle sensazioni momentanee, fuggevoli, che formano le nostre credenze, le quali però, evidentemente, poggiano su basi incerte, mutevolissime, che possono ad ogni momento muoversi, sgusciar via, sparire, facendo crollare ogni cosa, cambiandoci tutti, rendendoci diversi, ignoti a noi stessi. Noi vediamo una cosa in un modo; ma poi cambia un fattore esterno o interno, un elemento qualsiasi che concorreva a farci vedere quella cosa in quel modo; e allora noi la vediamo e la giudichiamo differentemente, se pure la vediamo sempre! Perché a volte essa ci può sparire completamente, noi possiamo dimenticarcene o anche, in buona fede, rinnegarla e attribuirla ad altri. E com'è delle cose così è di tutto. Tutto ci cambia, continuamente, e siccome questo *tutto* è ciò che forma la *vita*, ne resulta che la vita è, come dicevo, instabile. Ora, cogliere la vita nella sua *instabilità*, per *fissarla* in una commedia, era un'impresa difficile, che non avevo mai tentata. Ci ho provato ora.

– E sente di esserci riuscito?

– Spero. Per mezzo di elementi comuni, di fatti; fatti che però cambiano, come dire?, fra le dita per me che ho scritto, cambiano dentro per i personaggi, e cambiano sotto gli occhi...

– Per gli infelici che assisteranno alla prima!

– Ho già pensato anche a loro. Quando al fatto, è questo. (E alla svelta me lo dice). Ma non lo racconti, tanto più che, come vede, non è la cosa principale, ma soltanto la scusa perché fosse possibile mettere sul palcoscenico quella instabilità di cui le parlavo.

– E il rebus dei due o tre atti e degli intermezzi?

– Appena è calato il sipario sul primo atto, io lo faccio rialzare subito... sul *foyer*. Si vede là, sul palcoscenico, che ora rappresenta un *foyer*, il pubblico che discute il primo atto di questa commedia di Pirandello. Naturalmente, me ne faccio dire di tutti i colori. E, perché la tavolozza sia completa, oltre al rosa o chiaro o grigio del pubblico, aggiungo il verde e il nero della critica.

– Perdio, una volta tanto questa ci voleva! Perché, se non sbaglio, lei non l'aveva mai messa sulla scena?

– No, prima d'ora. Dunque, in questo intermezzo, dopo un primo tempo in cui si svolgono i commenti del pubblico e della critica, qualcuno comincia a dire che questa è una commedia «a chiave». E si fanno anche i nomi. Quella signora Morello, per la quale è successo, nell'antefatto, il dramma fra due uomini, è proprio la signora Moreno che, da un palco, ha assistito alla rappresentazione; e quell'uomo, nella commedia, è proprio l'uomo che sedeva vicino alla Moreno in teatro! Quanto al morto, non assiste alla rappresentazione. Intanto la Moreno sta mangiandosi le dita e i fazzoletti, per la rabbia di essere stata così messa sul teatro, quasi in berlina di fronte al pubblico, da questo rompiscatole di Pirandello; e anche l'uomo è pallidissimo. E nel pubblico, quello del *foyer*, la curiosità e l'interesse aumentano, poiché ognuno si domanda come l'autore svolgerà la situazione negli atti successivi, e che cosa faranno la Moreno e l'altro. A questo punto suona il campanello, e tutti si avviano dal *foyer* verso l'interno del teatro per il secondo atto. Allora il sipario cala davvero, e il pubblico, quello vero, può venire nel *foyer*, vero, a fare i suoi commenti, veri.

– Ho paura invece che tutti stiano a pigliare il caffè o la gazzosina, fumando, senza dire una parola, perché se i commenti li avrà fatti prima tutti lei... anche per i critici sarà un affar serio! A proposito: sono «a chiave» anche loro?

– Quelli no, – sorride Pirandello – ma sa: ce ne ho messi cinque, e cinque bastano.

– Già, tanto è una fauna con poche varietà. Ma questo lo potrei dire?

– Faccia lei... Noti i tre piani sui quali s'imposta subito l'azione. Primo: questa realtà che, fra le mani dell'autore, diventa là, sul palcoscenico, una finzione. Secondo: la finzione artistica, sul palcoscenico, che sta trasformandosi, per il pubblico del *foyer*, in una realtà. E terzo: la realtà della Moreno che, assistendo dal suo palco alle vicende della Morello sul palcoscenico, sente la *sua* realtà trasformarsi in *quella* finzione, e si ribella a che quella finzione diventi, *anche* per lei, la sua realtà.

– Qui poi, oltre ai tre piani, – noto io – ci voleva anche lo stenografo, perché chi sa che roba scriverò io quando mi dovrò ricordare di ogni cosa!

– Non è poi così difficile... E siamo ora al secondo atto. Il quale termina con una scena che, credo, dovrà suscitare gli applausi del pubblico.

– Quello che ha pagato il biglietto, compreso chi è passato a sbafo, o quello che riscuote la cinquina?

– Il primo. Ma se applaude il pubblico in platea, è giusto che io faccia subito rialzare il sipario, sul solito *foyer*, nel quale è logico che ci siano poche persone perché quasi tutti sono ancora di là ad applaudire la scena finale del secondo atto. In questo secondo intermezzo, naturalmente, non posso far ripetere i commenti e le critiche come nel primo. Invece farò succedere un pandemonio. Perché si saprà che la Moreno, indignata, è andata sul palcoscenico, nel camerino della prima attrice, quella che faceva la Morello, e l'ha schiaffeggiata, urlandole che era d'accordo con l'autore per metterla in berlina. L'attrice ha buttato via la parte e il vestito, ed è fuggita dal teatro dicendo al capocomico che lui s'era messo in combutta con l'autore per procurarle quella seccatura! Intanto la Moreno vien giù, nel *foyer*; anche alcuni attori vengon giù col capocomico; altri vanno via. E il pandemonio continua. Il pubblico, che vede compromesso lo spettacolo, si scaglia unanime contro la Moreno, e allora questa è difesa dall'uomo. Precisamente com'era avvenuto sul palcoscenico dove, dopo una scena violentissima fra l'attore e l'attrice, questa era stata difesa *soltanto da lui*. E i due spettatori se ne vanno *insieme* dal *foyer*, precisamente come se n'erano andati *insieme* i due attori dal palcoscenico. Quella finzione alla quale la donna si era violentemente ribellata, non potendo permettere che l'autore le facesse fare quella cosa che ella, nella realtà, non avrebbe mai fatta, è proprio divenuta la *sua* realtà. Così l'arte previene la vita.

– E allora?

– Allora parte del pubblico se ne va, parte degli attori se ne vanno, altri attori fanno notare che un'altra parte del pubblico sta sempre in platea, e il capocomico dice che a quelli ci penserà lui.

– E come... li frega?

– Il sipario cala; il capocomico vien fuori, alla ribalta, e annuncia che per gli incidenti accaduti in teatro la rappresentazione non può più aver luogo.
– Io credo tuttavia che nessuno, del pubblico vero, penserà a ridomandare il prezzo del biglietto.

(Virgilio Martini, *La più indiavolata commedia di Pirandello: «Ciascuno a suo modo»*, in «Comoedia», 15 gennaio 1924, pp. 11-12)

SIMONI: INTERMEZZI CHE NON AGGIUNGONO MOLTO

Ciascuno a suo modo riscosse un apprezzamento della critica sostanzialmente favorevole. Fa un po' eccezione Renato Simoni il quale, insensibile alle innovazioni strutturali (che sono invece la parte originale dell'opera), trova gli intermezzi invenzioni spiritose, bizzarre, ma che non aggiungono né chiarezza né significato alla vicenda.

Serata viva e rumorosa, ma non di battaglia, questa in cui è stata presentata la commedia in due o tre atti, con intermezzi corali, di Luigi Pirandello, al Filodrammatici. Dopo il primo atto gli applausi furono unanimi e caldissimi: e cessarono solo quando si rialzò il sipario per il primo intermezzo. Questo intermezzo è pieno di voci e di grida. A queste voci e a queste grida gli spettatori si associarono allegramente sottolineando con le approvazioni qualche battuta nella quale l'autore si burlava dei giudizi sull'opera propria, e, anche, un poco, di se stesso. Alla fine si ebbero cinque chiamate insistenti. Si volle Pirandello alla ribalta, per farlo segno a grandi acclamazioni. Poi si chiamò anche il Niccodemi. Al secondo atto le sorti volsero un po' meno propizie alla commedia. Ci fu, è vero, un tentativo di applauso a scena aperta; ma al calar del sipario scoppiarono, insieme, battimani e disapprovazioni: insistenti gli uni e le altre, ma senza asprezza d'opposizioni. Non c'era, tra le due fazioni, l'inimicizia che si determina in certe sere di nervosità. C'era una grande cordialità nell'applauso e una specie di spensierato buonumore nelle proteste. Furono alcuni minuti di vario strepito. Poi cominciò il secondo intermezzo, ancora più fragoroso del primo. Si gridava sul palcoscenico e si gridava in platea. Qui le disapprovazioni parvero, per un momento, pigliare il sopravvento. Alla fine dell'intermezzo, ancora applausi contrastati; ma quando si presentò il Pirandello, tre o quattro volte, i dissensi cessarono e il saluto allo scrittore fu pieno d'ardore e di affetto.

A me pare che il pubblico sia stato giusto. Non ha preso troppo vivacemente le parti della commedia, né l'ha combattuta con severità. S'è divertito fino a metà perché, insomma, assisteva, se non altro, a uno spettacolo nel quale c'erano vivacità, movimento, sorprese che gli parvero comiche, una raccolta di elementi strani e coloriti che tenevano desta la sua attenzione. Più tardi ha trovato che il gioco di trapassi, di mutamenti di idee, sul quale la commedia è fondata, e quella specie di mulinello di opinioni intorno allo stesso fatto che gli vorticava davanti agli occhi avevano esaurita la loro ingegnosità scenica nel primo atto. Dopo aver riso fino a quel punto, gli spettatori si sono accorti che l'autore voleva insinuare nel riso, prima un che di amaro, poi un brivido di tragedia; e quell'amarezza non riuscivano a sentirla, e quella tragedia li lasciava freddi, anzi continuava a strappar loro scrosci di sincera e onesta ilarità. Allora il pubblico ha tirato le somme: ha concluso che tutto quello che gli è stato dato era animato e curioso, ma non superava la fluidità di un intreccio di discorsi; che, con la esposizione concitata di idee generali, il Pirandello non era riuscito a formare un caso particolare che avesse una potenza di rappresentazione veramente comunicativa. Si accorse che la commedia gli sfuggiva; che il piacere che aveva provato era stato prodotto dai sapienti stimoli con i quali la sua curiosità era stata eccitata; ma che tutte quelle che gli erano sembrate soltanto ardite, taglienti, beffarde premesse, erano invece la commedia stessa. Ma sarà bene, per chiarezza, raccontarla.

La commedia è in due atti. Dopo ogni atto il sipario si rialza immediatamente; la scena rappresenta il ridotto del teatro invaso da spettatori e da critici e da due persone che vedremo particolarmente interessate alla commedia, perché essa si aggira intorno a un dramma che hanno clamorosamente vissuto.

Questi due personaggi reali sono la Moreno (un'attrice che ha fama di stravagante e di perversa, per la quale si è ucciso recentemente il giovine pittore Salvi) e il barone Nuti, che doveva diventare cognato del pittore suicida, e che del suicidio fu, in certo modo, la causa.

La storia tragica è questa. La Moreno aveva innamorato quel pittore, negandoglisi sempre, ella che pur s'era data a tanti. L'artista aveva voluto sposarla; e le nozze erano già fissate. La Moreno pretese, allora, che il fidanzato la conducesse nella sua casa semplice e austera, accanto a sua madre e a sua sorella; e là aveva sedotto il barone Nuti, che di questa sorella del Salvi era il promesso sposo. Per tanto tradimento il pittore s'era ucciso.

La commedia, rappresentata davanti a un pubblico immaginario, che sa tutto questo, che dello scandalo ha lungamente parlato, vive, come ho detto, intorno a questo tragico caso. La Moreno e il Nuti vi hanno parte, adombrati sotto il nome di Delia Morello e di Michele Rocca.

Quando si alza la tela apprendiamo che il giovane Doro Palegari ha, la sera precedente, difeso, con singolare calore, Delia Morello in un ritrovo dove tutti dicevano «plagas» di lei. Il più spietato accusatore della donna era Francesco Savio che affermava che tutte le ripulse della bella donna al pittore, prima di accettare la sua proposta di nozze; erano perfide arti per ridurlo alla disperazione: che la presentazione alla madre e alla sorella e al fidanzato di questa era stata voluta dalla disprezzata e contaminata Morello per apparire vittoriosa accanto alla purezza di quelle due donne; che il Rocca era stato travolto da lei in un gorgo di passione, volontariamente, freddamente, per punirlo di essersi opposto al suo ingresso nella onesta casa del pittore.

A questa precisa requisitoria Doro Palegari aveva risposto con fiamma e con sdegno. Sì, era vero: la Morello s'era data a tanti, ma per mostrare come disprezzasse quello che gli uomini più pregiavano in lei, solo abbagliati dai suoi lucenti occhi e dalla sua viva bocca rossa, da quella maschera dipinta che nasconde il sogno e il dolore della sua anima. Aveva conosciuto il pittore Salvi quando costui era felice per aver trionfato in una recente esposizione. Egli doveva averla ammirata, solo perché vedeva in lei una bellezza da fissare meravigliosamente in segni e in colori. La Morello, certo, aveva sofferto sentendo che anche lui voleva solo il suo corpo; per trarne una gioia ideale, sì, ma esclusivamente sua propria. Allora, per vendicarsi, fece in modo che il suo corpo cominciasse a vivere davanti a lui, non più solo per la delizia degli occhi. Accese di desiderio il giovane, non con il furbo proposito di farsi sposare di lui, ma per punirlo. Anzi lottò a lungo per dissuaderlo dalle nozze proposte. Ma in lui la passione era ormai divenuta folle. Minacciò tragiche cose. Allora ella gli impose di presentarla alla madre e alla sorella – della cui illibatezza il Salvi era orgoglioso – perché egli sentisse l'impossibilità di farlo e rinunciasse al matrimonio. Neppure questo era bastato. La donna cercò un'ultima via di scampo in quei rapporti con il futuro cognato del pittore, col Rocca, per farsi sorprendere dal fidanzato e spezzare, prima che si formasse, quel legame che sarebbe stato l'infelicità di lui.

Queste sono le posizioni iniziali della commedia. È avvenuto un dramma d'amore e di sangue che ciascuno interpreta a modo proprio. Due opinioni, due giudizi principali di esso e della donna che ne fu protagonista, vengono esposti. Vedremo come queste opinioni, diventando appassionate, si tramutino, si capovolgano: come nessuna di esse riesca a radicarsi: come la tempesta le squarci, le laceri, le ricomponga e le disperda, tra i baleni di brevi illusorie certezze; e finalmente come, quando l'arte, che è l'espressione suprema della immaginazione, cerca di dar loro una forma definitiva e reale, la vita, che non ha altra realtà che quella del nostro mutevole pensiero, spezzi il simulacro e lo sommerga nel suo indefinito.

Doro Palegari ha, dunque, difeso Diana Morello, ricostruendo il dramma nelle linee che ho tracciato sopra. Ma la ricostruzione non era obbiettiva. Doro Palegari, senza bene rendersene conto, era innamorato di Delia Morello. Dopo la violenta discussione, che aveva avuto il carattere di una scenata, rimeditando le parole dette e udite, con l'animo amareggiato per l'impressione sgradevole che sentiva d'aver suscitato in chi l'ascoltava, s'è avvisto che questo biasimo degli uditori, pesava sul suo spirito. Egli ha pensato che i presenti alla sua sfuriata dovevano giudicarlo innamorato della bella e malfamata creatura della quale prendeva con tanto ardore la parte; e s'era, con acre disagio, accorto, che veramente, un desiderio d'amore lo spingeva verso Delia Morello. Allora il pudore di questo suo sentimento, offeso dalla stessa pubblicità che egli gli aveva dato, il malessere, quasi la vergogna di questo amore gli avevano rimutato l'animo. Una specie di oscuro astio verso la donna ch'era la causa indiretta di tutto ciò l'aveva portato ad accettare le accuse che le si facevano, a fargli credere che il Savio fosse nel vero quando spiegava il dramma con tanto pessimismo. Un amico, Diego Cinci, che guarda con pietà e con sincerità i fatti dell'anima, lo conduce quasi a confessarsi a se stesso.

In Francesco Savio, nell'oppositore, era avvenuto un movimento simile, ma in senso contrario. Egli è da molto tempo amico del Palegari. È dolente d'aver discusso con tanta acredine con lui. Ripensando alla disputa, ha sentito che le parole dell'avversario ardevano di una bella generosità. Di quella generosità sente rispetto. L'amicizia e la cavalleria pongono qualche gocciola di reagente nelle sue convinzioni. Ora viene a casa di Doro per chiedergli scusa, e per dichiararsi convinto delle sue ragioni difensive.

Ecco che, nella spiegazione del dramma, si mescolano complessi elementi nuovi, non dipendenti da esso, ma potenti nel determinare il giudizio che se ne fa: l'amore, il dispetto in Doro, e l'ira che venga a dichiararsi ravveduto, colui che, con la sua irritante polemica, l'ha esposto a farsi deridere come un Don Chisciotte innamorato, dalla gente; e l'acido sospetto che anche il Savio lo supponga innamorato della Morello. Nel Savio la preoccupazione di essere stato ingiusto e ingeneroso. Ciascuno di essi ha preso la posizione che aveva l'avversario la sera precedente. Nasce tra di essi, dunque, una nuova discordia. Il dibattito è secco e impetuoso. Dalla bocca di Doro escono parole oltraggiose. La sua inquietudine trova uno sfogo perché trova un bersaglio da colpire. Un duello è inevitabile.

Poco dopo sopraggiunge Delia Morello. Ha saputo che il Palegari l'ha difesa, e vuol ringraziarlo. A lui descrive il proprio dramma, proprio come egli l'aveva ricostruito la sera precedente. Doro si sente liberato da un'angoscia. Dunque egli aveva immaginato il vero! Dunque il suo giudizio non era stato fazioso e appassionato! Ripete allora, con scherno, le accuse che il Savio aveva pronunciate; e quelle accuse che interpretano i fatti in un modo così diverso da quello in cui pare a Delia di averli vissuti, la turbano profondamente, la costringono a guardare in sé. Si domanda, allora, atterrita se il Savio non ha visto bene, se tutto quello che ella ha fatto, non l'ha fatto veramente agitata dalle fosche ragioni che il suo accusatore le attribuisce. Disperata vorrebbe ora impedire il duello. Ma Doro impetuosamente si oppone. Deve battersi, e si batterà per una cosa che nessuno sa quale sia, come sia, né lui, né l'avversario, né la stessa donna che fu la protagonista del dramma.

Appena finito quest'atto, ci troviamo, come dissi, nel ridotto. Gli spettatori lo invadono. L'atto è discusso. C'è chi dichiara che è bellissimo e chi afferma che si tratta d'uno dei soliti enigmi pirandelliani. Alcuni deridono gl'intellettuali che fingono di capire l'incomprensibile; altri accusano il pubblico grosso di non essere capace neppure di intendere *I due sergenti*. I critici esprimono il loro parere. Gli ostili accusano il Pirandello di distruggere il carattere dei personaggi; i favorevoli rispondono che, nella vita, i caratteri non esistono; qualche vecchio autore fallito invoca il teatro d'una volta, e impreca contro i problemucci filosofici da quattro al soldo, portati alla ribalta. C'è chi afferma che le commedie di Pirandello non sono mai ascoltate con la dovuta semplicità di spirito; e per questo gli spettatori si affannano a cercare un senso recondito in ogni parola piana e umana. Insomma si grida, si ingiuria, si leva ai sette cieli. E intanto si sparge la voce che la commedia mette in scena il caso della Moreno e del barone Nuti che sono in teatro. Si dice che la Moreno s'è riconosciuta ed è furente. Infatti la si vede apparire. Vuol salire in palcoscenico e punire i colpevoli di tanta infamia. Ma si annuncia che il secondo atto sta per cominciare, ed ella rimette a più tardi la sua vendetta.

Nel secondo atto siamo nel giardino di Francesco Savio che si prepara al duello tirando di scherma col maestro, in presenza di alcuni amici. Tra questi amici c'è Diego Cinci, che espone quello che si può considerare il tema fondamentale della commedia: la vita è una rapina continua, alla quale non resistono i nostri affetti più saldi. Tanto meno le opinioni, le finzioni, le idee. Basta che si venga a sapere una cosa contraria a quella che sapevamo, e ciò che ci pareva bianco ci pare nero. Tutto è indeterminato, mutevole, inconsistente. Le certezze alle quali ci aggrappiamo non hanno che la durata di un giorno. Per questo Diego prova una gioia spaventosa quando vede queste nostre finzioni travolte, a un tratto, da una tempesta. Allora tutti i limiti che ci avevano servito a comporci una coscienza, a formarci una personalità, crollano sconvolti dal flutto magnifico che non vedevamo più, perché lo avevamo incanalato nei nostri affetti e nei nostri doveri. Tutto ciò, dopo la farsa piccina della nostra volubilità, ha almeno la grandiosità della tragedia.

Dopo questo, che si può chiamare intermezzo corale con più giustezza dei due che sono stati posti alla fine degli atti, rientriamo nella tormentata esemplificazione di questo tema. La Morello, che è decisa ad impedire ad ogni costo il duello, viene dal Savio per indurlo a rinunciarvi. Mentre il Savio la riceve in casa, irrompe sulla scena Michele Rocca, il cognato del suicida. Sa che, in quella famosa discussione tra il Savio e il Palegari, costui ebbe parole di dura condanna per lui. Vuol battersi con lui invece del Savio. Ora il Rocca prende, nella commedia, la stessa posizione che aveva, nel primo atto, la Morello. È il suo caso particolare che assume, nei vari cervelli e nelle varie coscienze, ora un aspetto, ora un altro. Fu il Rocca il trastullo di una perfida donna? O la perfida donna lo giocò solo perché egli tentò di giocarla? Lo sedusse ella al solo scopo di salvare dal matrimonio il Salvi? O non piuttosto egli volle, aggirandola, dimostrare al futuro cognato che ella era una donna facile e indegna d'essere sposata? Noi sentiamo presentare e discutere queste due opinioni. Ma il Rocca, intervenendo, dà una versione del fatto che annulla l'una e l'altra. Fu il pittore che lo sfidò a dargli le prove che Delia era una donna corrotta, promettendo che, se queste prove avesse avuto, si sarebbe allontanato da lei. Il pittore era, dunque, consapevole di quello che il Rocca stava tentando con la Morello. Fu la compianta vittima, che, invece, ordì, con quella prova, un vero tradimento contro la donna amata. «Ti assicuro – gli aveva detto il Rocca – che ella è donna tale da mettersi anche con me.» E l'altro aveva voluto che egli lo dimostrasse.

Il Savio torna in scena. La Morello con la sua presenza l'ha affascinato. Adesso anche la sua opinione è appassionata. Egli è deciso a non battersi più, perché non vuole aggravare la disperazione di quella donna, che ormai la sua simpatia largamente discolpa. Tra le proteste dei padrini, grida che quel duello non avrà più luogo. Ed ecco che appare sulla soglia Delia. Vede il Rocca spasimante. Da quel momento l'uno e l'altra gettano via l'atteggiamento menzognero che avevano assunto. Si capisce che la loro verità è questa: che non appena si son visti si sono amati irresistibilmente; che tutto quello che hanno fatto era, inconsapevolmente, comandato dalla loro tremenda passione; che si son voluti prima di parlarsi; che le loro vite si sono affogate nel sangue e che in quel sangue debbono restar sempre, perché non possono separarsi.

– Ma sono due pazzi! — esclama Francesco Savio.

– Perché tu non ti vedi – gli risponde Diego Cinci.

Cala la tela e ci ritroviamo ancora nel ridotto. Giungono

gli echi di una baruffa scatenatasi sul palcoscenico. La Moreno è riuscita a penetrarvi. Ha schiaffeggiato la prima attrice. Forse, anzi, ha schiaffeggiato l'autore. L'hanno cacciata fuori. I comici, furiosi, rifiutano di terminare la rappresentazione. Il chiasso è al colmo. Si protesta, si minaccia. Appariscono il barone Nuti e la Moreno. Gridano che non è lecito portare degli uomini vivi e i loro fatti sulla scena, e far dir loro parole che non hanno mai detto, e compiere atti che non hanno mai pensato a compiere. Ma anche questa affermazione è falsa. Lo strazio di quei due deriva da questo: che essi si sono riconosciuti; tanto è vero che a un certo punto la Moreno si butta fra le braccia del Nuti, proprio come aveva fatto poco prima la Morello col Rocca; con l'istesso gesto. Pare che rifacciano la scena alla quale il pubblico ha assistito. Si ribellano, dunque, perché si son visti, nella loro miserabile verità come in uno specchio. La vita ha protestato contro l'arte che ha voluto fissarla per sempre in un gesto. La rappresentazione non può più proseguire. Gli attori sono andati via. Il capocomico annuncia: «Dopo gli spiacevoli incidenti che sono accaduti alla fine del secondo atto, la rappresentazione del terzo non potrà più aver luogo».

Questa commedia è ancora *Così è (se vi pare)*. Ma all'originalità sostanziale di *Così è (se vi pare)* è sostituita, qui, la bizzarria della composizione. Questa bizzarria soverchia la commedia. In fondo, gli intermezzi – tranne l'ultima parte del secondo – sono invenzioni spiritose, ma non aggiungono al tema né luci nuove né elementi significativi. Mutano genere allo spettacolo, introducendovi una varietà chiassosa, che non medica la monotonia dell'opera, ma la fa dimenticare. Non sono molto nuovi al teatro; ma innestati, con il loro largo e spregiudicato tramestio burlesco, in una commedia di un agitatore di idee, sembrano originali perché sono diversi dall'opinione che il pubblico si è fatta dell'ingegno e delle tendenze del Pirandello. Ma, privata di questi commenti in azione, *Ciascuno a suo modo* appare un'opera alla quale è mancata l'espressione adeguata. Noi non possiamo renderci conto se essa sia una allegra derisione della inconsistenza delle nostre opinioni, o se sia la disperata constatazione del fluttuante ignoto nel quale viviamo, delle ombre fra le quali ci agitiamo, credendole realtà. Se dramma c'è, esso si scatena in anime così estranee alla tragedia della quale si discute, che, quando si infuriano o si tormentano per le opinioni che afferrano o che lasciano, ci pare che si scaldino senza ragione. All'infuori di Delia Morello e del Rocca, tutti gli altri non sono che curiosi che si occupano, con un po' di indiscrezione, del fatto sanguinoso. Per quanto assumano il tono e l'iracondia e il dolore di protagonisti, continuano a rimanere testimoni e commentatori, che si mescolano ad affari che non li riguardano.

Nel secondo atto, è vero, il Pirandello, con il discorso di Diego Cinci, cerca di afferrarli tutti, di profondarli nel gorgo di un vasto dramma umano al quale nessuno di noi può sottrarsi. Ma il teatro solo la potenza di una passione può condurre lo spettatore a identificarsi col personaggio: non la gravità di un ragionamento. Quanto alla Morello e al Rocca, essi vivono davanti a noi la parte meno interessante della loro tragedia. La Morello perde, appena s'è presentata, la sua personalità di donna triste e funesta, per assomigliare, quando dubita di sé, a quel Palegari e a quel Savio che, in fondo, sono figure comiche, e hanno dato l'impronta e il colore al mutamento delle opinioni, sicché i mutamenti successivi serberanno sempre quell'impronta e quel colore. L'amore di Delia e del Rocca, inatteso, rivelato da pochi gesti confusi, alla fine, non ci dà un solo momento di commozione. In quella conclusione della commedia, essi non sono che una nuova esemplificazione, dopo le troppe, e tutte somiglianti, alle quali abbiamo assistito. Invece di costituire il vertice del dramma, sono la goccia soverchia che fa traboccare il vaso.

Non si può negare che, in tutto questo oscillare di opinioni intorno a un caso che non riesce a diventar mai vivo e palpitante per noi, non ci sia fuoco di parole, e una schermaglia serrata di idee; che, anche in un'opera che richiederebbe dimostrazioni più profonde, più necessariamente dipendenti le une dalle altre, più rivestite di dolorosa umanità, non ci sia qualche cosa di attraente e di abbacinante, il riflesso di una personalità inimitabile; ma a me pare che, questa volta, il Pirandello non abbia realizzato la sua commedia, che l'autore drammatico abbia prestato le sue invenzioni e le sue risorse al dialettico.

Ciascuno a suo modo fu messa in scena con gustosa ricchezza, e fu concertata magnificamente. Negli intermezzi si ebbe davvero l'illusione della folla. Questa folla non fu rappresentata nel solito modo convenzionale, ma con una bella, agitata, impressionante verità. Lode al Niccodemi; e lode a tutti i suoi attori: alla Vergani, al Cimara, al Tófano, al Brizzolari, al Lupi, al Pettinelli, che, senza una parte nella quale potessero farsi valere singolarmente, hanno dato il meglio della loro intelligenza e della loro disciplina per interpretare degnamente l'opera di uno scrittore tanto degno di amore e di ammirazione.

(Renato Simoni, *Trent'anni di cronaca drammatica*, Torino, Ilte, 1954, vol. II, pp. 77-82)

INDICE

V	*Introduzione*
XXXI	*Cronologia*
XXXIX	*Catalogo delle opere drammatiche*
LXI	*Bibliografia*
1	La vita che ti diedi
55	Ciascuno a suo modo
137	*Appendice*

«La vita che ti diedi – Ciascuno a suo modo»
di Luigi Pirandello
Oscar Tutte le opere di Pirandello
Arnoldo Mondadori Editore

Questo volume è stato stampato
presso Arnoldo Mondadori Editore S.p.A.
Stabilimento Nuova Stampa - Cles (TN)
Stampato in Italia - Printed in Italy